伟大的思想

GREAT IDEAS

HOW TO ACHIEVE TRUE GREATNESS

实现卓越

[意] 巴达萨尔·卡斯蒂廖内 著

辛衍君 译

中国出版集团
中译出版社

图书在版编目（CIP）数据

实现卓越 / (意) 巴达萨尔·卡斯蒂廖内著；辛衍君译. — 北京：中译出版社，2019.10（2020.1 重印）
（伟大的思想）
ISBN 978-7-5001-6041-0

Ⅰ. ①实… Ⅱ. ①巴… ②辛… Ⅲ. ①长篇小说—意大利—中世纪 Ⅳ. ① I546.43

中国版本图书馆 CIP 数据核字（2019）第 199555 号

（著作权合同登记：图字 01-2019-5429 号）

www.penguin.com
How to Achieve True Greatness
This translation first published 1967
This extract published in Penguin Books 2005

Taken from the Penguin Classics edition of *The Book of the Courtier*, translated and edited by George Bull
Set by Rowland Phototypesetting Ltd, Bury St Edmunds, Suffolk

实现卓越

著　　者：(意) 巴达萨尔·卡斯蒂廖内
译　　者：辛衍君
总 策 划：张高里
特约编辑：白　姗　赵　轩　　　责任编辑：刘香玲　王　梦
版式设计：索　迪　　　　　　　排　　版：志雅文化
印　　刷：北京顶佳世纪印刷有限公司
经　　销：新华书店

出版发行：中译出版社
地　　址：北京市西城区车公庄大街甲 4 号物华大厦六层　100044
电　　话：(010)68359376,68359827（发行部）68359719（编辑部）
传　　真：(010)68357870
电子邮箱：book@ctph.com.cn
网　　址：http://www.ctph.com.cn

开　　本：760mm×950mm　1/32　　印　　张：3.5　　字　　数：57 千字
版　　次：2019 年 10 月第 1 版　　印　　次：2020 年 1 月第 2 次
书　　号：ISBN 978-7-5001-6041-0　　定　　价：216.00 元（全 8 册）

“伟大的思想”中文版序

企鹅“伟大的思想”系列丛书自2004年开始陆续面世，在英国、美国和德国均有出版。在英国出版品种最多，已付梓八十种，尚有二十种计划出版。该丛书在全球众多读者间，尤其是学生当中，普及了哲学和政治学，销量已远超二百万册。中文版“伟大的思想”的推出，是该系列的又一延续和发展，令人欢欣鼓舞。

推出这套丛书旨在让读者再次与一些伟大的非小说类经典著作面对面地交流。长久以来，此类书籍的出版都建立在这样一个假设之上——此类著作供学生课堂学习之用，因此需辅以导读、详尽的注释及参考书目等。此类版本无疑十分有用，但我想，如果某一版本能够重建托马斯·潘恩的《常识》或约翰·罗斯金的《艺术与人生》初版时的环境，为读者与作者营造更为亲密无间的氛围，使读者除了原作者及其自身的思考外没有其他参照，也许会更有吸引力。

但是，这一做法亦存在严重缺陷：每位作者的表述难免有难解或不可解之处，一些重要的背景知识或许也有所缺失。例如，读者对亨利·梭罗创作时的情形毫无头绪，也不了解该书的反响及影响。不过，这样做的优点也显而易见，最为显著的便是作者的初衷又一次受到重视——托马斯·潘恩的愤怒、查尔斯·达尔文的灵光、塞内加的隐逸。他们给许多国家的众多读者带来的生活影响难以估量，有的影响甚至长达几个世纪，几乎没有什么比阅读这些作家更令人拍案叫绝的了。倘若没有亚当·斯密或阿图尔·叔本华，将无法想象我们今天的世界。这些小书创作年代久远，但其中的话语彻底改变了我们的政治学、经济学、精神世界、社会规划和宗教信仰。

“伟大的思想”系列一直求新求变，地域不同，收录的作家亦不同。一些作家在中国或美国更受欢迎，而英国版“伟大的思想”收录的一些作家在其他国家和地区则鲜有人知。称其为“伟大的思想”，我们亦是慎之又慎。这些思想之所以伟大，在于其影响深远，但这并不意味着这些思想都是“好”思想，实际上一些书或可列入“坏”思想之列。丛书中收录的很多作家受到同样收录于该丛书的其他作家的巨大影响，例如，马塞尔·普鲁斯特承认受约翰·罗斯金影响很大，米歇尔·德·蒙田也承认深受塞内加影响。但也有些作家彼此憎恶，若发现彼此都被收录于同一丛书，一定会深感苦恼。至于他们思想的或“好”或“坏”，读者可自行判明。我们衷心希望，您可以享受阅读这些著作的乐趣。

“伟大的思想”出版者

西蒙·温德尔

目录

导读

巴达萨尔·卡斯蒂廖内（Baldesar Castiglione，1478—1529），意大利文艺复兴时期外交家、人文主义作家。

卡斯蒂廖内出身于意大利北部曼托瓦城的一个贵族家庭，14 岁就被父亲送进米兰大学，学习文化知识和军事技能，18 岁在米兰大公宫廷学习礼仪。1499 年父亲去世，21 岁的卡斯蒂廖内回乡继承家业，在曼托瓦的弗朗西斯科·贡萨加（Francesco Gonzaga）侯爵宫廷任职，卡斯蒂廖内文武双全，得到重用。

1501 年，乌尔比诺被攻占，乌尔比诺公爵吉多贝多·蒙特费特罗（Guidobaldo di Montefeltro）

来到曼托瓦避难，与卡斯蒂廖内相识。为缓和双方的矛盾，卡斯蒂廖内首次作为外交官出使斡旋。1503年，卡斯蒂廖内随贡萨加侯爵出征那不勒斯，战争结束后在罗马偶遇吉多贝多公爵，两人惺惺相惜，卡斯蒂廖内决定离开曼托瓦，加入吉多贝多公爵麾下效力。在任期间，卡斯蒂廖内为公爵出使罗马、英国等地。

1508年，吉多贝多公爵去世，卡斯蒂廖内决定写书纪念公爵，由于公务繁忙，直到1527年，花了将近20年才写完，1528年此书在威尼斯出版发行，书名《宫廷侍臣的故事》(*The Book of the Courtier*)，次年(1529年)，卡斯蒂廖内病逝于西班牙。

吉多贝多公爵去世后，卡斯蒂廖内继续辅佐公爵的继承人弗朗西斯科·玛利亚·德拉·罗维尔(Francesco Maria della Rovere)，1508至1514年，乌尔比诺卷入多场混战。1516年，新任教皇剥夺了弗朗西斯科的领地，卡斯蒂廖内回到故乡曼托瓦隐居。1519年，新任曼托瓦侯爵费德里科·贡萨加起用卡斯蒂廖内作为大使常驻罗马，两年后，由于他的努力，旧主弗朗西斯科收回了乌尔比诺的领地，卡斯蒂廖内由此获得很高的声誉。1524 年，卡斯蒂廖内成为教皇克莱门特七世（Clement VII）的使臣，连续几年往返于罗马和西班牙之间，代表教皇与神圣罗马帝国皇帝查理五世（Charles V）沟通，1529 年卡斯蒂廖内病逝后，查理五世称赞他为”世上最好的骑士之一”。

卡斯蒂廖内本人是一位优秀的宫廷侍臣，一位朋友评价《宫廷侍臣的故事》说：“你写的就是你自己。”《宫廷侍臣的故事》出版后不久，就被翻译成多种语言，影响了整个欧洲，一度被当成经典来学习。虽经教会大幅删改，但因版本众多、流传甚广，且有手稿存世，所以我们今天看到的，基本上还是作者的原始文本。

《实现卓越》（*How to Achieve True Greatness*）从《宫廷侍臣的故事》中节选出来，分为两个部分。第一部分主要讨论完美侍臣的个人修养；第二部分以君臣关系、男女爱情关系为主。

“宫廷侍臣的故事（一）”以较大的篇幅讨论了侍臣的军事才能，在作者所处的时代，军事才能的确非常重要。11 世纪，诺曼人侵入原属东罗马帝国（拜占庭）的意大利南部，建立王国。12—13 世纪，

"神圣罗马帝国"对意大利北部、中部的统治瓦解，该地区分裂成许多王国、公国、自治城邦和小封建领地。文艺复兴时期（14—16世纪）的意大利处于混乱的战国时期，法国、西班牙虎视眈眈，所有的势力都不能独善其身。在这样的环境中，一个完美的侍臣，要有能力辅佐他的主公打胜仗，最好是不战而屈人之兵，这样他就不仅需要能战斗，还需要有学识、有智慧，还需要"风度"来处理上下、内外关系，当然，他也要像个人一样有能力享受生活，而不是工作狂。

在"宫廷侍臣的故事（二）"中提到："一些统治者尽管对如何治理国家一无所知，还是厚颜无耻地试图统治整个世界而非眼前的一小班人马。"欧洲最早的资本主义萌芽出现在意大利，12世纪，一位主教来到意大利，观察到这里出现以商人和商业为基础的社会组织形式；14世纪初，人们开始表达反君主制思想。在这样的大背景下，如下观点还算是客气得体的：完美侍臣对君主，不是阿谀奉承，而是指引他向善，防止他成为昏君；不该给他送财物，而该给他送美德。

黑暗的中世纪，教会控制着社会，文学、艺术、哲学都不能违背教义，然而黑死病的蔓延动摇了神的权威，人们需要“以人为本”的生活。在“宫廷侍臣的故事（二）”中，皮埃特罗·贝博这一角色关于美和爱的长篇大论，受着古希腊哲学的影响，却又归结到上帝的身上。一些听者看似猥琐的质疑，也在客观上挑明一个事实，这种轻视形体审美和肉体享乐的纯粹灵魂之美与纯粹精神恋爱已届暮年，且不属人间所有。

早在公元 476 年，西罗马帝国就已经灭亡；公元 1453 年，东罗马帝国灭亡；意大利长期遭受西班牙、法国侵略，意大利人会希望看到正统的罗马帝国的重生。于是，资本主义、人文主义、罗马荣耀等因素，就戴着“希腊、罗马古典文化重生”的面具出现在意大利，并蔓延到整个欧洲，这就是文艺复兴。

故事中的乌尔比诺，位于意大利中部，接近欧洲文艺复兴发源地佛罗伦萨。吉多贝多公爵的父亲费德里科（Federico da Montefeltro）公爵热爱文化，藏书丰富。五百多年历史的公爵宫，现在被列为世界文化遗产。15 世纪下半叶，在费德里科公爵的治理下，乌尔比诺人民安居乐业，各得其所。文艺复兴后期“三杰”之一，画家拉斐尔的家乡就在乌尔比诺，卡斯蒂廖内肖像画是他的代表作之一。

余雄杰

宫廷侍臣的故事（一）

亲爱的阿方索，对于应该拒绝还是接受你一再要我做的事情，我思索了很久，这确实是个很难的决定。一方面，我好像很难拒绝我由衷喜欢并真心喜欢我的人提出的要求，尤其是那些值得赞赏的要求；另一方面，我又觉得让我这样一个在意别人批评意见的人去做一件自己没有把握的事，好像是个错误。但最后，经过反复考虑，我还是决定接受挑战，看看自己在友情的激励和感召下，能够多么勤奋认真地去做事。

如今你要求我描述出我心目中最适合的宫廷侍臣的标准。达到标准的绅士将既有才学又有能力辅佐君王，从而赢得君王的喜爱和他人的赞誉。总而言之，你想知道什么样的人才能不辱完美侍臣的美名，做到毫无瑕疵。鉴于你的这个请求，我必须承认，我接受它的原因在于我更看重朋友的情谊，而不是他人的怀疑态度。但是我本该拒绝这个苦差事的，因为我害怕被人指责为轻率，要知道从信奉基督教的皇室所遵循的众多风俗中选出完美的典范，也就是完美侍臣的精髓，是一件多么艰难的事情。因为人们对于熟知的风俗也经常是时而崇尚，时而唾弃，即一段时期内被认可的风俗习惯、行为礼仪及生活方式随着时间的推移会遭到鄙视，而曾经受到鄙视的又会渐渐得到认可。所以，在引进新事物、摒弃旧事物的时候，我们可以清楚地看到，惯例比理性更起作用。无论任何人想要在这些事情上做到完美都是在自欺欺人。由于深知这些因素以及这个话题所涉及的许多其他问题，我想替自己找个借口，此外我还想证实，我犯的错（若可以这样讲）你也有责任，我受到责备，你也必须受到责备，我接受了这个任务有错，但是，是你将这个超出我能力范围的苦差事强加给了我。

现在我们还是开始讨论一下我们选定的这个话题吧，如果可能的话，我们共同打造出一个完美侍臣，从而使那个值得他辅佐的君王，即使统治疆域不够辽阔，也可以认为自己是一位真正伟大的统治者。在这些侍臣手册里，我们无需采用传授知识的常规做法，去遵循任何严格的法规或者戒律；只需循着古人的足迹，唤回美好的记忆，重新审视几个对此话题见地颇深的人曾经进行过的讨论。虽然我没能亲自参与讨论（举行讨论的时候，我在英国），但参加讨论的人在我回来之后，立即原原本本地向我讲述了讨论的内容。我现在要尽可能精确地将它们重新呈现出来，以便让你们了解学识出众的人对这一话题的见解，他们的见解是完全令人信服的。为了故事叙述的逻辑性，我先描述一下这场讨论发生的背景，希望这并不会偏离主题。

众所周知，乌尔比诺是一个靠近意大利中心的小城市，它面朝亚得里亚海，坐落于亚平宁山脉的山坡上。虽说环绕在它周围的小山景致平平，比不上许多其他地方，这座城市依然得到了大自然的恩宠，物产丰富，健康宜居。在它享有的众多恩惠和优势中，我认为最重要的是，这里一直不乏杰出的统治者，尽管它也曾在意大利被卷入战乱之时，一度脱离了明君的管辖。远的不说，费德里科公爵[1]的

---

1. 费德里科公爵：即费德里科二世，于 1444 年接手管理乌尔比诺公国，1474 年正式成为乌尔比诺大公，一直执政到 1482 年。——译者注

辉煌过去就是个极好的例子。他是当时的意大利之光，时至今日，仍可找出大量有关他的审慎、仁爱、公正、无私、宽宏以及不屈精神的见证。此外，他的军事才能更是非比寻常，他曾多次取得战斗的胜利，占领坚不可摧的阵地，用兵神速果断，以少胜多，甚至战无不胜。因此，将其与许多古代著名的人物相提并论毫不为过。他还做了很多其他令人钦佩的事情，例如在乌尔比诺的丘陵之地建起一座意大利最美丽的宫殿，这座宫殿装修之精致，简直堪与一座城市相媲美。因为在装饰这座宫殿的时候，公爵不仅选用了最常用的装饰品，比如银花瓶和用金线、丝线以及其他珍贵材料编织而成的挂毯等，还选用了不计其数的古式大理石和铜制雕像、绘画珍品以及各种乐器，总之，他把最罕见、最出色的宝物都汇聚到了这里。随后，他又斥巨资收藏了大量最精美和珍贵的以希腊文、拉丁文和希伯来文撰写的书籍，用金银加以装饰，并将之视为其伟大宫殿的最高荣耀。

生老病死是自然规律，费德里科在六十五岁时便带着一生的荣耀永远地离开了人世，唯留一子，名叫吉多贝多，他年幼丧母，年方十岁便继承了爵位。吉多贝多不仅继承了父亲留下的基业，还传承了他的美德，他的不凡性情注定使其成为又一位非凡的君王。总之，大家认为在费德里科公爵所做的令人赞叹的事情中，最伟大的事情就是养育了这样一个儿子。但是他的伟大品质遭到命运女神嫉妒，她不遗余力地打击这位出身如此高贵的年轻人。吉多未满二十岁时就患上了痛风，随着病情的加重，他遭受了极大的痛苦，没多久便残疾了，他的病情十分严重，不能站立也无法行走。从此，一个世界上最优秀、最帅气的人，在年纪尚轻的时候就肢体残疾了。然而命运女神并没有就此罢手，她总是挫败吉多的计划，致使他很少成功；尽管吉多是个深思熟虑、拥有不屈精神的人，但其经手的事情，无论大小，无论是战争还是其他，总是不得善终。这点我们可以从他的各种悲惨遭遇中看出来，而他总是用坚韧不拔的精神来面对这一切。他不但没有被命运击垮，反而蔑视命运的打击，表现出强大的适应能力和不屈的精神。在疾病和困境缠身的情况下，度过健康而幸福的一生，并赢得了真正的尊严和公认的美誉。因此，尽管身体孱弱，他还是以最高统帅的身份统领部队作战，为尊贵的国王阿方索以及年轻的那不勒斯王费迪南德效力；此后还与教皇亚历山大六世以及威尼斯和佛罗伦萨的统帅们协同作战。教皇朱利斯二世继位后，他被任命为教会的首领。在这期间，他除了保持以往的生活方式外，还经常邀请高尚可敬的绅士们来家中做客。有了他们的陪伴，最普通的任期也变得愉快万分。吉多擅长用拉丁语和希腊语作诗，为人和蔼可亲并且知识渊博，因此他带给周围人的欢乐丝毫不亚于别人带给他的欢乐。此外，即使他无法像以前一样参与骑马运动，他还是喜欢观看你追我赶的骑马场面，并作出精妙的评价，根据不同的人的长处进行指正或赞扬。而陪伴他的那些出身高贵的绅士们总是在各种场合力争上佳表现，如格斗、比赛、马术、兵器表演、节日、游戏、音乐演奏，等等，以不辜负公爵对自己的赏识。

于是乌尔比诺每天都举行各种高雅并且令人身心愉悦的活动。可是由于公爵身体虚弱，晚饭过后通常需要回到自己的卧房稍事休息，所以这段时间大家都跑去陪伴公爵夫人伊丽莎贝塔·贡萨加，她身边有位伊米莉亚·派亚夫人，要知道，这位夫人可不一般，她活泼风趣、聪明睿智，好像有能力安排好一切，并能时刻让人感受到她的精明和善意。大家在一起时，礼貌的谈话和单纯的幽默让每个人的脸上都洋溢着笑容和快乐，整个屋子真可谓是快乐驿站。我可以很肯定地说，在乌尔比诺，挚友们给彼此带来的快乐和享受他处难寻。在这里，除了以上我所描述的，每个人因辅佐公爵而获得的荣誉感外，我们还因伯爵夫人的存在而感到无比愉悦和满足。这种满足感在我们之间形成了一条强大的感情纽带，使得我们意见和谐一致，真心相爱，找到了亲兄弟之间都难以找到的亲密感觉。对于尊贵的女士们，我们享有自由而单纯地追随左右的权利，我们可以跟她们坐在一起聊天、说笑，当然我们所享受的自由要受到最谨慎的自我约束，一定要尊重公爵夫人的愿望。大家一致认为最令人愉悦的事情就是讨她欢心，而世界上最不幸的事情就是令她不快。正因为这些原因，她的这个团体成了同时拥有最好的教养和最大的自由的统一体；她出席时，我们的游戏和笑话都充满了最犀利的俏皮话和优美而朴素的尊贵感。公爵夫人在打趣的时候总是那样言辞得体、举止端庄，即便是第一次见到她的人，都会发现她是一位多么伟大的女性。从她影响周围人的方式来看，好像她总能使我们不知不觉地学习她的性格和品质，每个人都努力模仿她的行为方式，并试图从这位伟大又聪明的女性身上总结出一种优秀的品行模式。在此我不打算详述她的高尚品质，不仅是因为这已超越了我的语言表述能力，还因描述她的品质并不是我的目的所在，因为这些品质早已经是众所周知的了。但我还必须补充一些在公爵夫人身上隐藏着的某些其他品质。好像命运女神也倾慕这位世间罕有的伟大女性，命运选择了用逆境和残酷的打击来证实这位温柔的女性除了拥有非凡的美貌之外，还拥有在最坚定的男人身上都难以找到的审慎和勇气。

故事继续进行，依照惯例，所有的绅士在晚饭后都会立刻赶往公爵夫人那里，那儿安排了各种各样的娱乐活动，美妙的音乐、迷人的舞蹈一个接着一个。有时大家会提出一些非常有趣的问题，或者（根据这人或那人的提议）玩一些巧妙有趣的游戏。比如在场的人会用寓意很深的语言来掩饰自己的想法，请其他人猜。有时候，大家会讨论各种各样的话题，或者以即兴问答的方式说些犀利的俏皮话。在这种场合，大家通常会运用我们现在所说的“象征”的手法，所有人都非常享受这种交流，因为在场的人都是我所说的那种非常高贵而且聪明的人。

……

按规矩，参加公爵夫人聚会的人会围坐成一圈，大家可以随意坐，如果有女士在场，就要男女交替而坐，但男士的数量通常多于女士。然后大家都等着公爵夫人主持大局，这时公爵夫人总是把主持大权交给伊米莉亚夫人。所以教皇离开的第二天，他们就按照原定的时间相聚在老地方，进行一番愉悦的讨论后，公爵夫人请伊米莉亚夫人宣布游戏开始。

……

每个人都等着伊米莉亚夫人发话，可她没有对贝博说一句话，却转向费德里科·弗莱高索，意思是请他提议做个游戏。他立刻说道:“夫人，……为了教训一下那些自以为是，荒谬地认为自己可以被称为优秀侍臣的人，我建议今晚我们做一个游戏：从我们之中选一个人描述一下完美侍臣的标准，具体说明应具备什么样的性格和特别品质才配得上这个称号。这次争论只停留在哲理层面，如果有任何不恰当的观点，我们每个人都可以进行反驳。”

费德里科刚要继续往下说，伊米莉亚夫人突然打断他，说道:“如果这是公爵夫人希望的，今晚我们就玩这个游戏。”

于是，公爵夫人回答:“没错，这正是我所希望的。”

接下来，几乎所有在场的人都开始议论起来，有的跟其他人说，有的跟公爵夫人说，总之他们认为这是最好的游戏，已经迫不及待要听听大家的高见了，他们急切地想知道伊米莉亚夫人要谁第一个发言。于是，只见她转向公爵夫人，说道："夫人，我可不想从他们中间选出第一个人，这样做好像是在表明我认为这个人最有能力似的，我会因此得罪了其他人，还是您来决定让谁先说吧。"

公爵夫人回答道："不，必须你来选，不服从我的命令的话，你会给其他人树立一个坏榜样的。"

于是，伊米莉亚夫人面带笑容地对来自卡诺萨的洛多维科伯爵说道："好吧，为了不浪费更多的时间，您就做费德里科提议的这个游戏的第一人吧。我想说的是，不是因为我们认为您是位很出色的侍臣，所以一定知道侍臣应该具备什么品质。而是因为我们希望您说的不正确，那样每个人都有理由反驳您，游戏也会很有趣。但如果把这个任务交给一个比您学识渊博的人，他说的话就成了真理，人们就无法挑战他的观点了，如果真是这样，这个游戏就会十分无趣了。"

伯爵立即回应道："不过，夫人，有您的在场，我们完全不必担心，相信真理一定会被反复推敲的。"

……

“首先我想说，从任何事物中找到真正的完美都是很艰难的事情，甚至是不可能的。这是因为不同观点会导致对完美的不同定义。因此，有人喜欢健谈的人，认为他们是令人愉悦的好伙伴；有些则喜欢慎言的人；还有些喜欢活跃的人；而有的就喜欢做事稳重的人，由此可见，每个人都是根据自己的观点来判断事物的好坏。因此经常会本末倒置，以相应的优点来掩盖缺点，或是以相应的缺点来掩盖优点。例如，你可以把一个冒失的人说成是坦率，一个朴实的人说成是无趣，一个头脑简单的人说成是心地善良，还可以把一个无赖说成是精明的人，诸如此类的事情不胜枚举。但是我仍相信一切事物皆有完美，即便它可能被掩藏了起来，我们还是可以通过多方的推理和论证找到它。正如我之前所言，真相总是掩藏在那里。我称不上是个学识渊博的人，所以只能赞扬自己景仰的那类侍臣是个什么样子，以及在我的判断力所及的范围内如何做才是正确的。若您觉得我的观点正确，您可以表示赞同；若您和我的观点不一，您可以坚持自己的观点。我不会去争辩我的看法比您的更好，不仅因为我们的想法可以有所不同，还因为我自己的想法也在不断变化。”

伯爵继续说：“我认为，侍臣应该出身高贵并且具有良好的家庭背景。这是因为普通人品行的好坏对他的重要性远不及贵族。如果一位绅士偏离了祖辈的正道，他就辱没了他的家族，不仅一事无成还要落得个前功尽弃的下场。高贵的出身就像一盏明灯，将善行和恶举暴露于亮光之下，它鼓励和激发高贵的人为荣誉和赞美多做善事。而对普通人来说，他们的行为不在高贵光环的照耀之下，他们没有受到这种光环的激励，也不必担心颜面尽失，并且他也没有一定要超越自己祖先的压力。与之相反，出身高贵的人认为自己的成就没能达到或是超越先辈，就应该受到谴责。因此，通常情况下，在战争和其他重要活动中取得卓越成就的人大都是贵族。这是因为，大自然在所有的事物中都埋藏了一颗秘密的种子，这颗种子影响着那些源自它的所有事物，使其具备自己的核心特征，同自己有相似之处。这一点我们可以从马匹等动物的繁殖以及植物的衍生中清楚地发现。树木的枝杈总是与树干十分相似。如果有时候它们长得不好，那也是人们疏于照管的原因。人也是一样的道理，若得到悉心的照料和精心的培养，他就会像先辈一样出色，甚至更胜一筹；若没有得到足够的关爱，就会肆意疯长无法成才。当然，下面这种情况也确实存在，有些人天生就是大自然的宠儿，生来就被赋予某种非凡的脑力和体力，以至于他们好像不是简单地来到这个世界，而是得到了上帝的保佑，由上帝之手细心雕琢而成。同样，人们也发现有些人是如此粗俗、荒唐，以至于我们只能认为他们是大自然出于怨恨和嘲弄的目的才将其带到这个世界上来的。正是因为如此，后者即使不停地努力，得到精心的培养，也通常难成正果，而前者只要稍作努力就会达到杰出的顶峰。以费拉拉的红衣主教唐·艾波尼多·德·伊斯特为例，幸运的身世影响了他的性格、外表、言语及行为。因为老天的偏爱，年纪轻轻的他虽身处最德高望重的红衣主教之中，仍拥有相当的权威，与其说他是在受教不如说他是在施教。在跟人交流、游戏以及说笑时也是一样，他的个人魅力和优雅的举止是那样令人叹服，使得所有和他交谈的人，甚至只看过他一眼的人都会深深地喜爱上他并回味良久。但是言归正传，我认为在这种极致的优雅和荒谬的愚笨之间还有一种中间形式，即那些没有得到大自然恩赐的完美，却通过用心和努力来提高自己并且尽可能弥补天生的缺点的人。因此除了出身高贵的绅士之外，我也很偏爱这类侍臣，他们不仅从大自然那里获得了智慧、美丽的外表和良好的为人，还获得了某种风度和优雅，使他很快吸引并取悦遇见他的人，他的优雅表现在举手投足之间，很轻易就会赢得大人物的亲近和喜爱。”

话音刚落，加斯帕雷·帕拉维契诺先生就已经按捺不住了，他说道：“既然我们的游戏要像事先说好的那样进行，为了体现出我们并未忘记使用反驳的特权，请允我表明，我并不认为侍臣必须要出身高贵。如果有人觉得我的话很奇怪，我愿意进行引证说明，许多人即使身上流淌着最高贵的血也会道德极度败坏；相反，许多出身卑微的人却通过自身的美德为其后世子孙赢得荣耀。假设事实真如您所言，也就是，每个事物都受最初掩藏的那颗种子的影响，那么既然我们在最初时是一样的，现在的性格也应该是一样的，何以现在一些人比另一些人更高尚些呢？事实上，我认为我们之间高低贵贱之分是有许多其他原因的。第一个，也是最重要的一个原因，就是命运，她掌控着世间万事，但她经常由着自己的性子，根本不考虑是否合适就将某人抬举一番，而将那些最值得抬举的人重重摔下。您说那些一出生就有完美身心的人很幸福，这我完全同意；然而无论是出身卑微还是高贵，世上都有这样的好运之人，因为大自然显然不懂所谓高贵和卑微的差别。相反，正如我所说的，大自然往往将最杰出的才能赋予出身卑微的人。既然高贵的出身既不是通过才能也不是通过武力或技能获得的，它只是用于鼓励其祖先的东西，跟他本人没有关系。因此有人若继续坚持认为侍臣的父母出身卑微就会破坏他所有的优良品质，并且无法培养出您所提及的完美品质，如才能、美貌、良好性情以及只消一眼就能使他人如沐春风的优雅举止，这听起来是多么奇怪。”

洛多维科伯爵答道：“我并不否认出身低微的人也一样可以具有高贵的美德。但是，除了我们已经讨论的，我还想再给出一个来说明我赞美高贵出身的原因。实践证明了美好的东西会带来好的效果，所以大家都认同这一点，即我们所创造出来的侍臣（毫无缺点，天生具有各种优点）最好是个贵族，只有这样他才会立刻给周围的人留下好印象。例如，宫廷里的两位绅士，在他们还未通过行为举止来展现自己的时候，不论为人好坏，只要人们发现其中一个人出身很好，另一个不好，那就会更加尊重前者；而后者只有通过长期的努力才会赢得这种好感，但前者只是因为出身高贵就唾手可得。我们都很清楚这些印象是多么重要。就说我们自己吧，走进这间屋子的某些人，他们虽然是整个意大利都公认的伟臣，但有些实际上却一分愚笨无趣，即使后来被发现了，他们依然能迷惑我们很长时间，因为在他们到来之前，那种先入为主的好印象会使我们忽略在与之交往中发现的缺点。我们也见过一些人，开始时并不被人看好，最后却取得很大成功。导致这些误会的原因多种多样，其中有一种是因为君王们固执己见，期待发生奇迹般的转变，所以有时明知某人不堪大任，却仍有意宠信。当然，有时候也会出现君王被自己欺骗这种情况，因为君王们拥有无数的效仿者，君王的偏爱会给他的爱臣带来极高的声誉，从而影响到其他人的看法。而且即使人们发现一些看似与普遍观点背道而驰的事情，他们总会认为自己看错了，然后等着真相揭晓。因为人们似乎相信，大家普遍认同的事情一定是以真实合理的事实为依据的。再有，我们很容易迫不及待地表明立场，盲目地支持一方或者反对一方，这种情形在公开竞技、游戏或各种比赛等场合随处可见——旁观者们总是毫无缘由地支持其中的某个选手，急切地希望他赢得漂亮，对手输得很惨。而至于那人的性格与名声的好坏，只有当我们听说了他们的过去，心中才会产生某种喜恶，并以此来判定是否该支持那人。由此可见，第一印象是多么重要，尤其是对一个立志要成为一名优秀侍臣的人来说，努力留下良好的第一印象十分必要。

“但是如果把标准落到实处的话，我认为侍臣最首要的职责应该是军事才能，并且应该成为他第一位的追求目标。此外，他还应该具备出众的进取精神、胆识以及对主人的忠诚。他还应该随时随地全力展示出这些品质，来赢取美名，否则便会招致严重的责难。就像一名贞洁女子的名声一旦被玷污，就再也无法挽回，一名参战的绅士因为胆小或其他有失颜面的行为而毁掉自己的名誉，即使仅仅一次，在所有人眼中永远都是污点，其名誉会永远受损。在我看来，一位优秀侍臣的军事才能也不一定要多么具有专业水准，但是毋庸置疑，他在军事方面做得越出色，就越会得到更多的赞誉。然而，既然我们谈到了这里，就需要深入探讨一下一位伟大的统帅需要具备什么品质，正如我们所言，令我们感到满意的优秀侍臣应该表现出无比的忠诚以及大无畏的精神。人们在小事上总是比在大事上更容易展示出勇气。常见的情况是，在面临极度的危险时，常常会看见一些人虽然怕得要死，却碍于羞耻心或有他人在场，双眼紧闭，奋力向前，履行他们的职责，只有上帝知道究竟是怎么回事儿。但在一些微不足道的小事上，却可以看到他们在确保可以躲避危险又不会被察觉的情况下，早就溜之大吉，不愿意去冒险。而有些人即使知道没有其他人注意或认识自己，还是出于良心，充满热情地做好每件小事，他们身上有着我们要找的侍臣应具有的性情和品质。当然，我们所希望的侍臣不是在作秀，假装自己很勇猛，总是夸夸其谈，号称自己从不脱掉护胸甲，像贝多一样目中无人、怒视一切。曾听一位可敬的女士讲过这样的笑话，她在一次聚会中出于礼貌，邀请某位男士（在此我不想透露他的姓名）跳舞，而该男子不仅拒绝了她，还拒绝听音乐，也不参加其他娱乐活动，说这些风花雪月的事情和他无关。最后，女士问什么与他有关时，他一脸愁容地答道：'打仗……'

"'那好，'女士回应道，'我觉得既然现在未逢战事，您最好给自己上上油，和其他武器装备一起放到壁橱里收藏起来，以免变得比现在更锈迹斑斑。'

"这位女士对他愚蠢行为的讽刺令每个人都爆笑不止。"

"因此，"洛多维科伯爵继续说道，"我们要寻找的那个人一定是在敌人面前勇猛、粗犷并且永远冲锋在前；而在其他的场合，他又应该是友善、谦虚、沉默，尤其是避免炫耀，或可恶的自我称颂，因为这常常引起那些不得不听他说话的人的厌恶和反感。”

“依我看，”加斯帕雷阁下回答道，“我认识的那些出众的人才很少有人不喜欢夸耀自己。在我看来，当一个值得关注的人发现他所做的好事被人忽略，因自己的才能不为人知而气愤，于是被迫以某种方式来表现自己，以免其真正努力应得的荣誉被骗走，这种自夸的方式是可以接受的。因此，古时候的作家们很少有人不赞扬自己。当然，胸无点墨却还硬要称颂自己的人肯定让人无法忍受，但是我们认为我们的侍臣不会是那种人。”

听到这儿，伯爵说道：

“希望你认真听了我所说的话，我方才是在指责那些过分而盲目颂扬自己的人。但是一个真正有才学的人适度地自夸是无可厚非的；当然如果这种赞颂来自于他人则更有说服力。我的意思是说，一个人以正确的方式赞美自己且没有引起嫉妒或反感，那么这是他的自由；他应该得到别人和自己的赞颂，因为他为之付出了极大的努力。”

“那您一定要教教我们该怎样做。”加斯帕雷阁下说道。

“嗯，”伯爵回答，“以前有人曾经教过古时候的作家们如何应对这种情况。但在我看来，正确的做法是注意说话的方式，一种好的说话方式会让人听起来不是为了炫耀自己，而是自然而然、恰到好处；在自夸的时候不能给别人留下自夸的印象，但又不像一些夸夸其谈的人在信口胡说，就像我们中间某人某天曾经说过的那样，他在比萨被长矛刺穿了大腿后，自称就像有一只苍蝇叮了他一下；还有人说他之所以不在房间里放镜子，是因为他发怒时表情非常恐怖，足以把自己吓死。”

大家听了伯爵的话都大笑起来，接着塞萨尔·贡萨加又补充道：

“你们在笑什么？难道你们没听过下面这个故事。亚历山大大帝从某个哲学家那里听说除了这个世界之外还有很多其他的世界，他竟然哭了起来。当大家问他为什么哭的时候，他回答说：‘因为我尚未征服任何一个’——好像他就应该征服所有的世界一样，你们说，这难道不比那个关于苍蝇的说法更离谱吗？”

伯爵接着说道：

“亚历山大大帝可比刚才提到的那个家伙要伟大

得多。我们一定要原谅杰出的大人高估自己这种事。毕竟一个成就伟业的人一定要有勇气去做事，也一定要对自己有信心。他不应该怯懦或是卑躬屈膝，但是他在用词上应该谨慎点儿，对自己取得的成就谦虚点儿，并且做事小心一点儿，这样就不会被人指责自以为是了。”

伯爵沉默片刻后，伯纳多·比别纳微笑着说：

“我记得您之前说过，我们的完美侍臣应该有一副天生英俊的脸庞和外表，并且拥有迷人的风度。嗯，我很肯定自己既有风度又有英俊的容貌，正因如此，很多女人都疯狂地爱着我。但是说到体型，我就很没信心了，尤其是我的双腿，它们没能长得如我所愿；还有，我对我的胸和其他的一些身体部位都不是非常满意。所以请更详细地解释一下一个人应该有怎样的体形，以便我能从自我怀疑的痛苦中解脱，放下心来。”

在大家一阵大笑之后，伯爵开口说道：

“你确实有刚才我所说的优雅容貌，我也不需要其他的例子来阐明这一点；虽然你的容貌不是非常的精致，但是毫无疑问，你的外表非常讨人喜欢并令人愉快，另外，你看上去也有男子的气概和风度。许多不同类型的面孔都可以达到这种效果。我希望我们的侍臣也是这样。我不希望他们看上去很温柔、很女性化，像有些侍臣想竭力做到的一般，他们不仅烫卷发、拔眉，还将自己打扮成最放荡荒唐的样子，简直让人难以想象。实际上，他们在走路、站立或做其他事情时，看上去十分女人气并且软弱无力，以至于他们的四肢像要散架；他们说话时是那么地有气无力，像要当场断气似的。而且越是跟随在有身份的人身边，他们的这种表现越明显。既然大自然没能让他们投胎成他们想要的女性，那么我们就不能把他们当成女人来看待，而只应该视其为男妓，并将其逐出绅士的群体，更不用说高贵的宫廷了。

“至于侍臣的外貌，我想说的是，只要不太高或太矮就行，因为不论是太高还是太矮都会引发非议，被视为怪物。然而，如果不得不在两者之间作出选择的话，那么最好是选择矮一点而不是太高；因为太高的人一般都比较笨，更糟糕的是，他们不适宜参加体育和娱乐活动，而我认为这两项活动对于侍臣来说是最重要的。所以我希望我们的侍臣有健美的身材，比例匀称，他是力量、敏捷和柔韧的化身，擅长所有适合勇士的体育运动。在这里，我还想说他的首要任务就是学会如何徒步或在马上熟练地使用各种兵器，真正地了解各种兵器，尤其是要熟知绅士们常用的兵器。因为除了在战争中需要这种知识以外，绅士们之间因为意见不合而导致决斗也是常事，那时使用的兵器通常是顺手拿到的，所以，为了安全起见，知道所有兵器的用法很重要。当然我以上的观点不代表我认为在战斗中可以忽略技巧，因为此时没有技巧的人恰恰说明他已经让恐惧夺走了勇气和智慧。

“此外，我认为学会摔跤也至关重要，因为它在徒步搏斗中很起作用。再有，我还认为侍臣为了自己和他的朋友，应该学会如何讨回自己应得的一切并据理力争，他应该善于抓住优势，最重要的是他必须显示出勇气和审慎。除非遇到为了荣誉而战的紧急情况，否则应该慎行；因为在对结局没有把握的情况下，这样做很危险，若不是紧急情况、形势所迫，草率行事的人都应该受到严肃批评，即便能侥幸成功，也是一样。但是如果一个人已经深陷其中、无路可退的时候，他就要在开始和决斗的过程中都非常谨慎，表现出胸有成竹并且毫无畏惧，而不是像那些总是在口头上大谈什么是荣誉的人一样怯懦，你若让他们选择兵器，他们就选那些既不会割伤又不会刺伤对方的，还把自己武装得像要接受炮轰似的，战斗还没开始，他们就已经做好精神准备，如果败下阵来，就要一直后退，做好防守，完全一副胆小如鼠的样子。这种决斗的场面看起来就像是一场孩子们的游戏，就像那两个不久前在佩鲁贾打架的安科纳人一样，让每个看到他们的人都忍俊不禁。”

“他们是谁呀？”加斯帕雷·帕拉维契诺问道。

“一对表兄弟。”塞萨尔回答道。

“他们在打斗中更像一对亲兄弟。”伯爵说。接着他继续说道：

“他们使用的兵器也是和平时期的各种体育活动中常用的，绅士们的荒唐表演在众人、女士和贵族们面前公开上演。所以我希望我们的侍臣是一位有造诣又多才多艺的骑手，精通关于马以及一切有关骑马的知识，他应该竭尽全力在各个方面都争取超过其他的人，这样他才能做到出类拔萃。就像阿西维亚德斯那样超越周围所有人，并且每次都是在别人宣称是自己最棒的项目上胜出，所以我们的侍臣也应该在别人熟知的事情上更胜一筹。比如意大利人在用缰绳驭马、驯服烈马、马上持长矛冲刺以及长矛比武方面能力出众，那我们这位优秀的侍臣在这方面的技艺就应该和最好的意大利选手相媲美。

在马上比武的比赛中，一位优秀的侍臣又可以跟最擅于坚守阵地和冲锋向前的法国人一争高下；在射击、奔牛比赛、投掷长矛和标枪方面，他应该比西班牙人更出众。但是如果他想赢得每个人都渴望的一致认同，最重要的就是，他在做这些事情的时候，还必须表现出很好的风度和判断力。

“也有许多其他的体育项目不直接要求使用兵器，但与兵器密切相关，并且要求参与者非常具有男子气概。在这些运动中，我认为打猎是最重要的，因为打猎在很多方面都与战争有相似之处；此外，它是贵族们真正喜爱的娱乐方式，因此它也应该是侍臣从事的运动，要知道打猎在古代就很流行了。另外，侍臣还应该会游泳，擅长跳跃、跑步和投掷，因为这些技能除了在战争中很有用以外，还可以帮助他树立起良好的声誉，尤其是博取大众的欢心。另外一个适合侍臣的高尚运动便是网球，因为打网球可以显示出他良好的体魄、运动的迅速和敏捷，以及他是否真的具有在其他大多数运动项目中表现出的素质。我还觉得在马背上的表现很重要，这种运动非常容易令人疲惫，难度也很高，但是它比其他任何运动都能显示出一个人灵活和敏捷的一面；另外，除了这些好处以外，在马背上的敏捷再加上优雅的风度，在我看来，比其他运动更加赏心悦目。如果我们的侍臣在所有这些运动中都能表现出高水平，那么他就可以忽略其他运动，如侧手翻、高空走钢索等。因为这些运动更像是杂技，实在不适合绅士。既然一个人不能总是参加这样紧张的活动（而且不断地重复会让人感到厌烦，破坏我们对事物的新鲜感），他必须通过做不同的事情来让生活变得丰富多彩。所以我希望这位侍臣偶尔也可以屈尊做些平静的、不那么剧烈的游戏，并通过做其他人常做的事情来避免他人的嫉妒，从而能融洽地与人相处；但是他还必须时刻用良好的教养和正确的判断指导自己的行为，避免做蠢事。总之，他开怀大笑、开玩笑、调侃还有跳舞都可以，就是不能忘记表现出良好的控制力、谨慎以及做事的风度。”

接着，塞萨尔·贡萨加说道：“很显然现在打断这个讨论有点为时尚早，但是如果再继续保持沉默，我就无法行使我说话的权利，也将失去学习更多东西的机会。我希望大家能够原谅我，我只是想问一个问题而不是进行什么反驳。刚才伯纳多就曾因为太想证实自己长得英俊而违反了游戏规则，相信我也可以吧。”

“你们看到了吧，”公爵夫人评论道，“这就是为什么一个错误可以导致更多的错误。所以一个人犯了错，树立了一个坏的榜样，就像伯纳多那样，他就不仅仅要为他自己的错误行为受罚，还要为导致其他人跟着犯错受罚。”

接着塞萨尔又问：“如果是这样的话，夫人，既然伯纳多既要为自己犯规受罚又要为我犯规受罚，那么我就可以不用受罚了。”

“恰恰相反，”公爵夫人说，“你们二人必须都要受罚两次：因为他不但自己做错事还导致你跟着犯错，而你要为了自己犯错和模仿别人犯错而受罚。”

“夫人，”塞萨尔答道，“我到目前为止还什么错事都没做呢，所以为了只让伯纳多一人受罚，我还是不说了。”

他停下来后，伊米莉亚夫人笑道：

“请尽管说吧，如果公爵夫人允许的话，我将原谅你们两个，不管是已经犯了规的人，还是那个差点儿要犯规的人。”

公爵夫人说：“那好吧。但是要注意不要欺骗自己并认为仁慈应比公正得到更多的赞扬。因为如果一个人太容易原谅犯规的人，那么他就伤害了没有犯规的人。然而，我严厉地责备你的放纵，并不意味着我们不能听听塞萨尔想要问的是什么。”

接着，在公爵夫人和尹米莉亚夫人的示意下，他立刻开口道：

“我亲爱的伯爵，如果我没记错的话，您今天晚上重复了好几次，一个侍臣的一举一动以及做事方式，或简而言之，就是他所有的行动都要保持风度。照我的理解来看，您认为任何事都要有风度当作辅料，否则所有其他品质似乎都一文不值。我承认现在我们每个人都很赞同这一点，就风度本身的意义来讲，一个举止有风度的人在其他方面也同样有风度。您说过风度通常是天生的，是上帝的赐予，即使它不是那么完美，也可以通过实践和努力得到很大的提高。在我看来，我们周围就有这样的人，他们是上天的宠儿，天生就有这些品质，不需要什么进一步指导，因为上天是那样地抬举他们，赐予他们的风度简直超越他们的期待，这使得每个人都喜欢和仰慕他们。我不想争论这一点，因为我们没有能力自己去获得。但是对于那些得到的天赐较少，只能通过进取、实践和努力获得风度的人，我想知道通过什么技巧、培训和方法可以让他们获得风度，包括您认为非常重要的在体育和娱乐中的风度，以及在其他场合中的风度。既然您已经如此高度地赞扬了这种品质，我相信您已经激起了我们所有人想拥有这种风度的强烈愿望，因为伊米莉亚夫人把这个任务交给了您，您有义务教我们如何去做。”

“我没有义务，”伯爵说，“去教你们如何获得风度，或其他任何的东西，我的义务只是告诉你们完美的侍臣应该是什么样的。我也不会承担教你们如何获得风度的任务，尤其是刚才我提到侍臣应该学会摔跤、跳马和很多其他的技能，因为我自己并没有学过这些，我肯定你们都非常清楚我能教出什么样儿来。这就好像一位出色的士兵能对铁匠说出他想要的盔甲的样式、形状和质量就够了，不必教铁匠怎样去锤炼和锻造，我只能告诉你们一个完美侍臣的标准，但是却不能教你们怎样变成他。然而，尽管众所周知风度是学不来的，为了尽最大能力满足你们的要求，我说如果有人想拥有运动员或体育家的风度的话（首先要确定他天生是这块料），他应该从小就开始练习并且找到最好的老师。例如，马其顿王国的菲利普国王就曾请最伟大的哲人亚里士多德来教他的儿子亚历山大。再如，我们同时代的法国侍卫队长加里亚佐·桑瑟夫内洛先生，他有着优雅的风度和敏捷的身手，除了有天资的原因，他还竭尽全力向好老师们学习，并与杰出的人为伴，学习他们的优点。因此，在摔跤、跳马和各种兵器的使用方面，他向大家所熟知的毫无争议的、精通所有与力量和灵活相关项目的大师皮埃特罗·蒙特学习。在骑马、马上长枪比武等方面，他也一直向在各个项目上人所共知的高手学习。

“因此，任何一个想成为好学生的人都必须将事情做好，还要持续努力地模仿，如果有可能的话，一定要完全模拟他的老师。当他觉得自己有一些进步的时候，就去观察不同的侍臣，他应该具有正确的判断力，以便在此指引下，不断学习不同侍臣身上的长处，这将会对他非常有益。就像在夏天的田野里，蜜蜂们忙着在花丛中采蜜，侍臣必须向那些看似很有风度的人学习，并从每个人身上学到最闪光的优点。他当然不能像我们的一位朋友那样，名字我就不说了，他认为自己很像阿拉贡王国的斐迪南德国王，但他只是模仿了这位国王抬头和撇嘴的方式，而这只是国王在生病时养成的习惯。还有许多类似这样的例子，他们认为只要能在某方面像伟人就很了不起了，而很多时候他们抓住的却恰恰只是伟人唯一的缺点。关于如何拥有优雅的风度我已经思索了很久，除了那些天生运气好的人，我还发现了一个普遍规律，这个规律非常适用于人们的行为和言语：即不惜任何代价远离矫揉造作，好似远离一座粗糙而危险的暗礁，（可能要用一种小说语言）在做任何事时都学着表现出一种化技巧于无形的平和，让自己在说话和做事的时候看起来是那样的浑然天成而驾轻就熟。我确信风度更重要的来源在于此，因为每个人都知道完美地建立丰功伟业是多么困难的一件事，因此如果轻而易举就做到了，一定会引来人们极大的好奇心；然而，恰恰相反的是，如果费尽心力做成一件事，就显示出缺乏优雅的风度，从而导致在人们心目中的形象大打折扣。所以我们可以非常肯定地说，真正的技巧是让人看不出来的技巧；这里最重要的环节是把技巧隐藏起来，因为如果技巧暴露了，就会让人颜面尽失、名誉扫地。我记得曾经读过古代某些杰出演说家的故事，他们所做的事情中有一件让我印象深刻，那就是他们曾非常努力地让大家相信他们是目不识丁的人；掩饰自己的学识，让他们的演讲看似是由非常简单的词句构成，看似是在顺应天意和真理，而非用心雕饰和杜撰什么。因为如果人们知道他们的伎俩，就会害怕被欺骗。所以你们现在明白为什么运用太多技巧的东西都变得风度无存了吧。当皮埃尔·保罗以其特有的方式：轻轻地跳跃，用脚尖点地，伸直双腿，头一动也不动地跳舞，看上去就像是用木头做成，他跳得那么吃力，像是在数每一个舞步，你们中间有谁没有发笑，谁会这么没有眼力以至于看不出这笨拙的做作？相反，我们今天在场的很多男士和女士，他们所表现出的风度和平静才被称为自然，因为他们在说话、大笑或约束自己等方面没有很刻意去做，看到他们的人就会认为他们天生优雅，根本不会也不知道怎样去犯错。”

……

这时伊米莉亚夫人打断了一下：“在我看来你们的争论太冗长沉闷了。将这个话题推迟到另外的时间再谈吧。”

费德里科还想继续回答，但是伊米莉亚夫人没有给他机会；最终伯爵说道：

“有些人想对语言的风格、韵律和模仿的问题作些评论，然而自己却不知风格、韵律为何物，也不知如何给模仿下定义，更不知道为何维吉尔从荷马或其他人的作品中引用了很多东西，却被人看作是改进而非剽窃。我不明白的原因或许在于我的理解能力有问题。而教授作品的人是应该要理解所教内容的，可是我觉得，恐怕连他们自己都不大理解，他们既赞扬维吉尔又赞扬西塞罗，是因为他们知道很多人都在赞扬这两个人，而不是自己认识到二者与其他人的区别。他们的区别肯定不在于是否保留了几个语句，或用法与其他人不同。在萨卢斯特[1]、恺撒[2]、瓦罗[3]和其他伟大作家的作品里，我们发现一些术语的用法与西塞罗使用的不同；但是这两种方式都是完全可以接受的，因为语言的力量和精髓不在于这些细枝末节：就像埃斯基涅斯[4]挖苦狄摩西尼[5]，问他所使用的一些非雅典式的词语是怪物还是异物时，狄摩西尼只是笑了笑，回答说这不是什么关乎希腊命运的大事。所以如果一些托斯卡纳人再指责我用的词，比如应该用 satisfatto 而非 sodisfatto，onorevole 而非 orrevole，causa 而非 cagione，populo 而非 popolo 等时[6]，我又有什么好担心的呢？"

这时费德里科站了起来，大声说："我现在请求你们听我说一小会儿。"

但是伊米莉亚夫人笑着说："不，无论现在你们中的任何人还想继续这个话题，我都会非常不开心，

---

1. 萨卢斯特（Sallst）：古罗马历史学家和政治家。——译者注
2. 恺撒（Caesar）：古罗马的将军、政治家。——译者注
3. 瓦罗（Varre）：古罗马政治家、学者。——译者注
4. 埃斯基涅斯（Aeschines）：古希腊演说家。——译者注
5. 狄摩西尼（Demosthenes）：古希腊雄辩家。——译者注
6. 洛多维科伯爵提到的四个意大利语单词的意思分别是：满意的、正直的、事业、人民。

因为我想等另外一个晚上再进行讨论。但是我亲爱的伯爵，请继续讨论您的侍臣，并且让我们看看你的记忆力有多好，因为我觉得您应该从刚才停下来的地方讲起，这可不是件容易的事儿。”

“恐怕，”伯爵回答道，“我已经乱了头绪，如果我没说错的话，我们刚才在说做作能毁掉风度，最优雅的风度应该是朴素和自然的，我们赞颂优雅，谴责做作，在这方面还有很多可谈的。但是，我只想再多说一点。现在每个女人都特别想漂亮，如果无法做到，至少也想看起来漂亮。所以当她有一些天生的缺点的时候，她力图通过人工的方式来纠正这个缺点。这就是为什么女士们如此仔细地修饰她们的面容，有时甚至是通过痛苦的方式，比如拔眉、修前额、使用各种方式遭受各种小痛苦，你们女士以为男士对此一无所知，事实上他们十分清楚。”

这时，科斯坦萨·弗莱高索夫人笑了，她说：“出于礼貌，你们还是继续刚才的讨论，谈谈风度的源泉及侍臣的事情吧，不要再讨论女性的缺点这个与此不相干的话题了。”

“相反，我说的与该话题息息相关，”伯爵回答道，“因为我刚才提到的那些毛病会让你们优雅全无，而原因就在于做作，也正是这一点让每个人都清楚地看到你们有多么渴望变得美丽。你们肯定知道什么是更优雅的女人，如果她的确想要优雅，与那个脸上化着浓妆，像是戴了面具的女人相反，她会将自己打扮得很简朴，只施很淡的妆，她是如此地简朴雅致以至于看到她的人都不确定她是不是化过妆。那个化浓妆的女人因为害怕‘面具’破裂都不敢大笑，只有在早晨穿衣服的时候才能看到她的本色，这之后的一天里她都像个呆板的木雕一样，并且只让别人在昏暗的光亮下看到自己，就像是一个狡猾的商人在昏暗的角落里展示自己的布料。与此相反，一个完全没有化妆的美丽女人比其他浓妆艳抹的女人更加有魅力。她的脸色既不太白也不太红，看上去很自然，有一点苍白（但偶尔会因为害羞或其他原因而脸红），她让她那未经修饰的头发自然地散落，她的姿态简单而自然，没有一丝努力或渴望漂亮的迹象。这就是自然简单之美，最能让男人着迷，因为男人常常害怕被假象所戏弄。对于女人来说，可爱的牙齿总是讨人喜欢的，因为大多数情况下牙齿都是不在视线范围之内的，人们通常不会费很多力气来让牙齿看起来漂亮，而把精力放在了脸的其他部位；然而当一个人无故大笑，只是为了秀出牙齿，就暴露了她的做作。不管牙齿有多好看，都会让人感觉非常不雅，就像卡图卢斯[1]笔下的伊格内修[2]一样。这个道理同样适用于手，如果手指纤巧美丽，并在适当的时间露出来，比如说当需要用手而不是展示其美丽的时候，就会让人忍不住想多看一会儿，尤其是在给它戴上手套以后，更让人想再多看一会儿。因为那个给手戴上手套的人根本就没有在乎她的手是否被人注意，她美丽的双手更多是天生的而不是经过雕饰或刻意美化的。当然，你有时候也会无意看到这样的情景，一个女人在去教堂的路上沿街而行的时候，也许因为好玩或什么其他原因，偶尔将裙子掀起，正好能露出脚踝，甚至一小部分腿。如果你正好看到这一幕，你是不是会觉得那才是真正的优雅——穿着漂亮袜子、系着天鹅绒丝带的快乐女性？毫无疑问，我相信你们和我一样都觉得那将非常令人愉快，因为每个人都认为难得一见的优雅是自然的而非细心雕琢的，并且也不是以赢得赞美为目的的。

“这样一来，做作就可以被避免或隐藏；现在你就明白了，做作是怎样地不容于风度，还有它如何在身体和灵魂的一举一动中夺走魅力，关于这一点，

---

1. 卡图卢斯（Catullus）：古罗马诗人。——译者注
2. 伊格内修（Egnatius）：卡图卢斯诗中的一个人物。——译者注

我们必须承认迄今为止我们几乎没怎么谈。然而，我们不能忽视这一点；因为精神比肉体更有价值，更需要陶冶和修炼。至于我们的侍臣在这方面需要怎么做，我想我们应该把伟大哲人们的训诫先放在一边，不必讨论精神美的定义或是详细讨论它的价值；相反，我们应该牢记我们的目的，简单地说，他只要是一个讲信义、正直的男人就够了。这囊括了审慎、善良、坚韧、克己精神以及其他适合这一美名的品质。我相信他自己就是一个不断向善的真正的思想家；这样的话，他除了志向本身之外，不需要什么训诫。因此，苏格拉底的断言是完全正确的，他说当某人努力想知道并理解美德的时候，那么对这个人的教导就算是有了好的成果；因为当这些人到达除了想要变得优秀而别无他求的境界时，他在学习所有必要的品质方面就都不成问题了，所以这一点我就不必再多说了。

“然而，想变得优秀，除了善良以外，我们最需要的是用知识来武装自己的头脑；尽管我知道法国人只崇尚武力，除此之外其他都不重视；所以他们不仅不重视学习，还厌恶学习，把那些有知识的人视为卑劣的人，如果称某人是学者的话就是对其极大的侮辱。”

接着，尊贵的朱利亚诺说道：

“您说的很对，这个错误在法国人当中已经持续了很长时间；但是如果昂古莱姆先生能如大家所愿，有幸继承王位的话，我相信知识会像武力一样在法国盛行，大放光辉。因为不久前我在他的宫廷的时候，注意观察了那个君王，在我看来他除了长得英俊外，身上还散发着一股伟人的气息，还不乏优雅的仁慈，显然他甚至有能力治理一个比法国更大的国家。随后，我从许多法国和意大利绅士那里也听到了很多赞扬他的话，包括他的礼貌、他的慷慨、他的英勇以及他的宽宏大量；另外，我还听说他非常喜爱和尊重知识，并尊重所有的学者，他谴责法国人反对知识，尤其是他们有巴黎这样一座宏伟的大学，吸引着来自世界各地的人们聚集在此。”

紧接着伯爵又说道：“他年纪轻轻，极有天分，不轻易苟同于国人普遍持有的态度，真是好极了，他一定会前途无量的。并且，正如你们所说，既然臣民总是愿意效仿他们统治者的所作所为，法国人也很可能因此认识到知识的真正价值。如果他们理性地去思考，就很容易被说服，因为人们对知识的渴望是天生的，只有愚昧至极的人才会觉得这不是一件好事。

“如果我能有机会同他们或是其他持有不同意见的人交流，我会尽力说服他们，让他们知道学问对于一个人的尊严和生命有多么重要。因为这是上帝赐予人类的最神圣的礼物。我可以举出很多古代伟人的实例，他们不仅英勇善战，还学识渊博。比如，大家都知道的亚历山大，他非常敬重荷马，总是把荷马的那部《伊利亚特》放在床边。除此之外，他还十分关注亚里士多德的哲学思考，认真地去研究。亚西比德[1]则在苏格拉底的教导下，学习更多的知识，提升自己的优秀品质。恺撒的那些充满灵感的文章也恰恰证实了他对知识的追求。据说西庇阿·阿非利加努斯[2]也时常阅读色诺芬[3]的作品，其中就有赛勒斯如何成为一位出色国王的故事。我还可以找到卢

---

1. 亚西比德（Alcibiades）：古希腊雅典政客和将领。——译者注
2. 西庇阿·阿非利加努斯（Scipio Africanus，公元前 237—前 183）：古罗马统帅。——译者注
3. 色诺芬（Xenophon, 公元前 431—前 355？）：古希腊将领、历史学家，苏格拉底的学生，率一万希腊雇佣军参加波斯王子小塞勒斯反对其兄阿塔泽克西兹二世的战争，远征到达黑海，著有《远征记》《希腊史》《回忆苏格拉底》等。——译者注

库勒斯[1]、苏拉[2]、庞培[3]、布鲁特斯[4]等许多其他罗马人和希腊人的例子来说明这一点；此外，我还想说即使是汉尼拔那样骁勇的战将，一个天生凶悍、毫无人性、人神共愤的人，也是知识渊博，精通希腊语的。如果我没说错，他还曾经用希腊文写过一本书。其实我觉得说这些是多余的，因为我知道你们并不赞同法国人所谓的学文不利于尚武的观点。众所周知，战斗能激励人们奋勇向前的动力来自于人们对荣耀的渴望，但人若是为私利或达成某种目的而战就会变得一文不值，因为这种做法使他更像一个唯利是图的商人，而不是一位绅士。走入知识圣殿的人才能获得真正的荣耀，这一点是大家的共识，只有可怜虫还对此一无所知。当一个人从书中读到恺撒、亚历山大、西庇阿、汉尼拔以及其他人的丰功伟绩时，谁会不为之热血沸腾、壮志凌云，不希望

1. 卢库勒斯（Luculus, 公元前 117—前 56）：罗马将军和执政官。——译者注
2. 苏拉（Sulla, 公元前 138—前 78）：古罗马统帅、独裁者。早年参加对努米底亚国古朱古达和对北方日耳曼人的战争，并任大法官。——译者注
3. 庞培（Pompey, 公元前 106—前 48）：罗马共和国的政治家和将领之一。——译者注
4. 布鲁特斯（Brutus, 85？—42）：古罗马政治家和将军，图谋暗杀恺撒。——译者注

在有限的生命里作出一番留名青史、光耀后世的大事业，而甘心做一个胆小如鼠的窝囊废呢？那些无法体会到知识的乐趣的人根本意识不到他们为之努力奋斗的荣耀究竟有多伟大，他们眼中的荣耀只是一时的荣耀，局限在有限的一两代人的时间内而已。所以他们所经历的这种荣耀与那种他们不懂但却几近永恒的荣耀相比，毫无价值。既然真正的荣耀对于这些人来说并不意味着什么，所以我们有理由认为，这些人跟那些深谙荣耀本质的人相反，不愿意去追求真正的荣耀。谈到这里，可能有人会对我所说的话提出异议并给出反例：例如意大利人很有学识但是他们近年来却在战场上连连失利。这是一个事实，但是可以很肯定地说，是几个人的软弱导致了众人遭受巨大的不幸并长久地为之背负恶名，这几个人应该对我们的失败以及志气的削弱（如果没有被摧毁）负责。但是，这件事情败坏了我们在全世界的名声，比法国人对知识的无知更让我们感到惭愧；所以，对于我们不堪回首的往事，最好还是让它悄悄地流逝吧，别再谈这个主题（我非常不愿意提起的），让我们重新回到侍臣的问题上来吧。

“我希望我们的侍臣比普通学者博学多才，至少在那些我们称之为人文学科方面是这样；他应该像精通拉丁文一样精通希腊文，因为很多好作品是用希腊文写成的。他还应该熟知一些诗人、演说家和历史学家，并擅长写一些韵文和散文，尤其是用本国语来写；因为这些不仅能给他自己带来满足感，还能满足非常喜欢这些的女士们的要求。但是如果他由于忙于其他事情或是疏于学习而导致写作水平较差，那么他应羞于将自己的作品示人，以免遭人耻笑，而只将自己的作品与信任的朋友一起分享。练习写作至少对于如何评赏他人的作品会有帮助。因为对于一个没有经验的作家来说，即使他很博学，也不可能完全理解其他作家苦心孤诣所写的作品并且欣赏他们的写作风格和成就，更不能理解古代作家作品的风格技巧和细微精妙之处。此外，这些研究还会使我们的侍臣博学多闻，能言善辩（如亚里斯提卜对暴君所说），并且无论跟谁讲话都充满自信。但是，我还是希望侍臣牢牢记住一点：那就是，在我刚刚讨论过的以及其他的事情中，他应该做到谦虚低调，并且切忌不懂装懂。因为我们天生喜欢听取别人的赞美之词，这感觉犹如欣赏天籁一般；别人的赞美就像女海妖赛壬[1]的歌声，让水手深深地迷醉却最

1. 赛壬（Sirens）：海妖，以美丽的歌声迷惑海上船员的妖怪。——译者注

终导致海难的发生。远古时代的很多哲学家们已经意识到了这种危险性，他们著书来告诫人们如何分辨真正的朋友与谄媚的人。即便如此，我们还是会问这到底有什么用处，因为我们经常看到有很多人明明知道自己在听奉承话，却乐此不疲，反而厌恶那些说实话的人。事实上，他们觉得谄媚者说的话还不够动听，他们还要鼓励那些人多说一些让世上最能阿谀奉承的人都感到难为情的话。让那些瞎眼的傻瓜们继续犯错吧，只要保证我们的侍臣不这样颠倒黑白，不在自己不确定的情况下轻率推测就好，尤其不要犯那些错误，如果你们还记得的话，就是那晚塞萨尔提议的游戏中提到的那些蠢人蠢事。为了不犯错误，侍臣们应该反其道而行，明知他所得到的赞许是应得的，也不要公开地欣然接受或者没有任何评论地接受。相反，他应该谦虚地否认，让人总能感觉到军事才是(事实上也应该是)他的强项，而其他的成就仅仅是在他个人能力上锦上添花而已；尤其是与战士们在一起的时候，他的态度更应如此，以免他被看成是学者中的战士或者战士中的学者。这样才会如我们所说，他会避开矫揉造作，让那些普通的成就也显得很伟大。”

……

↣ 宫廷侍臣的故事（二）

“我非常赞同以上关于侍臣的讨论，我认为在那些我们称之为好的品质里，有些属于他们本人，例如自控能力、刚毅、健康以及其他让他心灵安宁的美德；另外一些则表现在其他方面并且要视其带来的效果而定，例如法律、宽容、财富等。因此，我认为正如洛多维科伯爵和费德里科伯爵所言，最优秀的侍臣要想得到真正的赞许，不仅仅局限于他自己的品质，还取决于他所做的一切和带来的结果。因为，说实话，如果贵族出身的人只具有优雅、魅力和技能，他还是不配成为一个出色的侍臣。相反，我想说，他的那些技能，如跳舞、娱乐、唱歌以及做游戏等，都是些无聊而轻兆的东西，一个拥有尊贵地位的人如果只会做这些事情，只会招来唾骂而非赞许。华丽的着装、耍手段、信誓旦旦以及类似的浪漫本应属于女人，大多数人都认为，这些东西只会使男人变得女人气，年纪轻轻就走向歧途，变得放荡风流。它带来的严重后果是，令整个意大利蒙羞，几乎没有人还存着冒险的勇气，更别说去牺牲了。比起这种无聊的为臣之道，在和平与战争年代，不知有多少值得我们去努力学习的品质，可以让我们从中受益。如果侍臣们能以我所期待的那个高尚目标作为行动指南，我个人认为，他们的行为不但不会有害，不会徒劳无功，还会带来诸多益处，并赢得无限的赞美。

“因此在我看来，一位出色的侍臣（到目前为止我们还未讨论过）的职责是通过绅士们认为他应具备的种种才能来赢得君王的信任和喜爱，从此他可以对君王说真话，让君王知道该知道的事情，并且不必担心引起君王的不快。如果他意识到君王要做一些无益的事情，就敢于站出来反对，用他那优良的品性赢得的宠信来改变君王的每一个罪恶动机并劝服他回归正途。因此，如果一位侍臣具有这些绅士所希望的美德：反应灵敏、优雅迷人、明智谨慎、学识渊博等，他就有能力让他的君王明白，一个君王应该具备正义、慷慨、宽宏、高贵以及其他美德，使其成为一个真正的统治者，并为他本人及家族赢得荣誉和崇高地位；相反，他的恶行和不道德行为也会带给他狼藉的声名和重大的损失。因此，我认为像音乐、庆典、游戏以及其他那些让人开心放松的行为只能让为臣之道锦上添花而已，而其真正的职责是鼓励和辅佐他的君主成其美德，远离罪恶。所以我们认为良好行为带来的好处包括两个主要方面：为我们的行动指明一个真正高尚的方向，以及寻找最便捷最合适的方式来实现它。所以一个优秀的侍臣应该竭尽全力，确保君主不受人欺骗，不听信谗言、诽谤及谎言，明辨善恶，爱憎分明，朝着为全民造福的方向去努力。

“我也觉得绅士们期望侍臣具备的美德和才能，正是我希望侍臣达到的目标。因为我们从当前的统治者身上发现的最大的问题就是无知和自负。这两种问题的根源在于那些神和人都为之不齿的谎言，而这对国君的影响尤甚。因为国君缺乏的正是他们所最必需的，即有人能跟他们说实话，提醒他们什么是正确的。因为那些对国君不怀好意的人是不会喜欢做这种事的，相反，他们希望国君昏庸地活着，永远不改正他所犯的错误。另外，他们还因为怕受惩罚而不敢公然地反对国君。并且，在国君的朋友中，只有小部分人能接近他，而这一小部分人又不敢像指责普通人一样指责国君，相反，他们为了得到国君的恩惠和好感，只提那些令人愉快的、有趣的建议，即便是无耻而邪恶的，他们也不在乎。这样，他们从朋友变成了谄媚者，所言所行只是为了令国君高兴，用谎话来蒙蔽国君，让国君对周围的一切包括他自己都一无所知，从而获得更多的好处。让一个不知情的人不断地欺骗自己，可以说是世上最大最可怕的欺骗。

“这样做的结果就是国君永远听不到真话，滥用职权，寻欢作乐，他们的思想逐步堕落（觉得自己受人尊崇，周围尽是别人敬畏和赞扬的话语，没有半点责备和反驳之声），渐渐从无知走向了极度的自负。结果，他们变得再也听不进任何人的建议和意见，而且还会觉得统治国家非常简单，不需要任何手段或是训练，只需要暴力就足矣。因此他们一心只想着如何维护权力，并相信真正的快乐就是得到自己想要的一切。所以，我们看到很多排斥理性和正义的国君，因为他们觉得这些会约束他们的欲望，成为束缚他们的枷锁，进而剥夺他们统治别人的快感和满足感；他们认为如果听从责任和荣誉的召唤，他们的权力就不再至高无上，听别人摆布的国君不是真正的国君。于是他们开始变得妄自尊大、不可一世、专横无理、着装华丽、珠光宝气，并很少在公共场合露面，企图在国民中树立威信，被奉为神明。但是，在我看来，这些国君很像是去年在罗马阿贡广场的节日庆祝会上的那些巨大雕像，表面看上去像是凯旋的伟人和马匹，其实里面塞满了破布和稻草。事实上，上面所说的那种国君比这雕像更糟糕，因为这些巨大的雕像是由于它们自身的重量才能高高屹立，不过，内部的严重失衡及其与底座的比例失调，使其随时可能倒下；而这些统治者的倒台源自他们自身以及一个错误，从而导致满盘皆输。那个错误就是无知，他们觉得自己永远不会犯错误，觉得自己的权力来源于自己的智慧，所以不遗余力地去滥用权力，并一有机会就不择手段地去霸占更多的领地。

“要是他们意识到了自己的职责，就会做他们应该做的事，以一种与现在截然不同的方式来治理国家。因为他们会意识到当被统治者比统治者还要更英明的时候，情况是多么糟糕。你也许认为不懂弹琴、跳舞或是骑马没有什么大不了；然而，如果一个人不懂音乐，会感觉没有面子和羞愧，因而不敢在公共场合唱歌，不懂跳舞则不敢跳舞，马术不精则不敢骑马。可是，如果一个国君不知道如何统治一个国家就没这么简单了，这会引发罪恶、死亡、破坏、战火甚至是毁灭，可以说是全民的灭顶之灾。但是，一些统治者尽管对如何治理国家一无所知，还是厚颜无耻地试图统治整个世界而非眼前的一小班人马，因为他位高权重，所有的目光都投向他，从此，他们的最重大和最细小的错误都会被大家看个清清楚楚。

……

“因此，我认为既然如今的统治者生活如此穷奢极欲，又无知狂妄，就很难让他们认清真理、树立美德。既然有人通过谎言、奉承以及其他恶劣的手段获得了国君的青睐，侍臣也可以通过洛多维科伯爵和费得里科伯爵所传授的高贵品质轻易地获得国君对他的喜爱，从而可以自由地找国君讨论问题。如果他可以轻而易举地达到这个目的，他日后就可以及时把每一件事情的真相都告知国君。而且，他还可以逐渐将美德灌输给国君，让国君懂得自律、刚毅、正义和节制，并让试图摆脱堕落的他在经历一番努力之后，初次品尝到苦涩后的一丝甘甜。从而使他意识到罪恶的行为是有害的，会让人恶名远播，而美德则让人受益无穷，得到广泛赞誉。侍臣还可以列举些例子来激励国君以美德治理天下，那些著名的首领以及那些被人们做成雕像的古代伟人就是很好的榜样，人们习惯用铜、大理石，有时也用黄金来铸造他们的雕像，立于广场之上，表彰他们的丰功伟绩，同时也鼓励其他人向他们学习，争取同样的荣耀。

“这样，侍臣就可以引导国君走向美德之路，虽然道路崎岖，但有了阴凉的树荫和美丽的鲜花作点缀，即使国君的耐性不佳，也不会在这条艰难的道路上感到沉闷；或者偶尔配上音乐、比武、马匹，再配上诗歌或爱情的对话，以及那些绅士建议的所有方法，就会确保国君渐渐被这些简单的快乐所吸引。在此过程中，如我所说的，在陪伴君王散心时要一再强调道德的重要性，这样，就在潜移默化中改变他，正如一个精明的医生总是会让一个因生病而虚弱的孩子在吃下苦药前尝到他悄悄抹在杯沿上的甜甜液体。这样，在快乐的掩盖下，无论什么时候，什么地方，或是什么工作，侍臣总能顺利地达到目的，为此这个侍臣应该获得更多的赞美和奖励。

因为世上没有比拥有一个明智的国君更好的事，当然也没有比遇到一个罪恶的国君更可怕的事；同样，如果一个侍臣利用礼貌优雅的举止和高贵的身份去做邪恶的事情，极力向自己的国君谄媚并使国君偏离美德之路，走向邪恶，那么无论对这个侍臣施以多残酷的惩罚都不为过。原因在于，他的行为就像在公共水井里投毒一样有害，毒害的可不仅仅是一个人呀。”

奥塔维亚诺先生陷入了沉默，似乎不愿意再说下去了。但是加斯帕雷阁下说道：

“奥塔维亚诺先生，我并不认为国君可以在侍臣的引导下学会那些仁慈、自制以及其他美德，相反，我觉得他们所拥有的美德是大自然和上帝赋予的。你会发现世上没有人坏到愿意承认自己就是邪恶、坏心肠、放纵或是不正义的。相反，每一个人无论有多么邪恶，都希望被视为是正直的、有自制力的以及善良的；所以如果美德可以通过学习获得，情形就会大不相同了。一个人如果因为缺乏学习而无知是无须感到羞愧的，但是如果天生就缺乏某些东西，当然会感觉到羞耻。

“所以，每个人都极力掩饰自己思想上或是身体上的缺陷，比如失明、跛足或残疾等丑陋的一面。因为即使把这些缺陷归结为大自然的力量，也没有人希望拥有它，这种天生的缺陷就像是大自然有意给他们烙上的邪恶烙印。我的这个想法和厄毗米修斯[1]讲述的故事是一致的，他不知道该怎样把大自然的天分分配给众人，以至于分给人类的天分比其他生物要少得多；因此普罗米修斯才从弥涅耳瓦[2]和伏尔坎[3]那里偷走了让人类生存下去的智慧和知识。但是人们还是缺乏公民道德和精神法规，但是这些知识都被关在奥林匹斯山上朱庇特的城堡里，并且守护森严，使得普罗米修斯不敢靠近。因此，朱庇特由于同情人类（因为公民道德的缺失使得他们无力反抗野兽的攻击）就派墨丘利[4]来到人间，教人们学会正义和自尊，使得城市更美好，人民更团结。他认为这些美德无法像分配其他天赋一样分配给人类，只能是让其中一人学会（就像治病一样），然后逐渐传授给周围的每一个人。他依法铲除了那些没有正义之心也不知羞耻的人，以儆效尤。所以啊，奥塔

1. 厄毗米修斯（Epimetheus）：普罗米修斯的兄弟，被称为“后知者”。——译者注
2. 弥涅耳瓦（Minerva）：古罗马神话中智慧和技术及工艺之神。——译者注
3. 伏尔坎（Vulcan）：天神朱庇特之子，灵魂和才智十分卓越。——译者注
4. 墨丘利（Mercury）：罗马神话中朱庇特与女神迈亚所生的儿子，担任诸神的使者和传译。——译者注

维亚诺先生，你看，这些美德是上帝赋予人类的，是学不会的，他们来源于大自然。”

奥塔维亚诺先生笑着说道：

“所以加斯帕雷阁下，你已经看到，人们对于他们自己的判断力感到很不满意且执迷不悟，所以人们曾经试图驯服大自然中的野兽，熊、狼以及狮子，并希望用同样的方法让一只可爱的小鸟按照他们的意愿飞翔，然后主动地飞离森林，放弃自由，飞进鸟笼被囚禁起来，但是无论人们怎么勤奋和钻研，也始终找不到既能让他们自己受益又能提高自己思想的办法。所以在我看来，这就像是医生埋头钻研治愈指甲疼痛和婴儿皮疹的方法，而忽视了治愈发热、胸膜炎和其他重病的方法；我们都会认为这样做是荒谬的。因此，我认为伦理道德不是完全来自天性，因为没有什么东西会自然地往相反方向发展，比如石头，即便你把石头往天上扔一万次，石头也不会自己飞向天空。所以，如果对我们来说美德是天生的，像石头天然有重量一样，我们就永远不可能对恶行习以为常。同理，罪恶也不是天生的，否则我们也不会有道德。所以为一个人天生就有的缺陷而惩罚某人就是愚不可及的。如果考虑到一个罪犯在未来可能不再犯罪，也不会导致其他人的效仿，而不追究一个罪犯所犯下的罪行（事情已经发生了，无法挽回），从法律角度来讲，就是犯了大错。由此可见，法律认为美德是可以学习的，这是千真万确的；我们从降生的那天起就有能力学习美德或是罪恶，因此我们通过自己的选择，做善事或是做坏事，变成了善良的人或是罪恶的人。先去实践善与恶，然后才成为好人或是坏人。而我们天生所具有的那些品质却正相反，是先有了基础，然后去实践。因为首先要具有看、听或是感知的能力，才可以看到、听见或感受到。当然，许多本领也是通过学习得到加强的。因此，好老师不仅教学生知识，还要教他们文明而正确的举止，包括用餐、饮酒、交谈、走路，等等。

“因此，无论是在技巧、技能还是美德方面，我们都非常需要一位好老师。通过他的教诲和指导，唤醒深埋在我们灵魂深处的美德的种子。好老师就像一位尽职的农夫，精心地培育美德的种子，清理欲望的荆棘和野草，以免束缚我们的思维，最终让美德的种子开花、结果，就如我们所期待的那样。这样，朱庇特给予人们的正义和自尊就会永驻每个人的心间。但是，正如再强健的身体在为目标而努力的时候也可能出现问题一样，美德的潜力虽然已经在我们的灵魂中生根，仍需要通过教育来让它发芽。因为如果要将美德的潜力付诸实践并变成真正的善行，我认为，不能仅仅依靠本性的力量，还需要不断的实践和理性的思考，从而净化和启迪人们的灵魂，揭去无知的面纱，让人们能轻易地辨明是非的能力，避免犯错。这样，美德就类似谨慎和明辨是非的能力，罪恶则类似轻率和无知。原因在于，人们不是故意地选择罪恶，只是被一些假象所迷惑。”

这时加斯帕雷阁下回答道：“现在很多人明知自己做的事情是错误的，但仍然在做；就像那些小偷和杀人犯，原因在于他们只想到当下的快感，而忘记未来可怕的惩罚。”

奥塔维亚诺先生说道：“真正的快乐与善行结伴，而真正的痛苦与邪恶为伍；当他们对虚假的快乐信以为真，却对真正的痛苦不以为然的时候，他们是在欺骗自己。所以他们虚假的快乐只能换来真正的痛苦。因此，我们要学习明辨是非的技巧，还要学习美德，让我们选择真正的善行，而非貌似如此的行为，这将令我们的人生受益无穷，因为它使我们远离了无知这个万恶之源。”

这个时候，皮埃特罗·贝博说道：“奥塔维亚诺先生，我不明白，为什么加斯帕雷阁下要将所有的罪恶之源归于无知，并相信人们犯罪的时候都几乎意识不到自己的行为，而关于什么是真正的快乐和痛苦的问题，也谈不上是在欺骗自己。并且可以肯定，即使是那些一时情绪失控的人也进行过逻辑和理性的判断，对于他们所犯的罪恶的本质也是非常清楚的。他们用自己的理性来抵制欲望，从而导致了快乐和痛苦与判断之间的矛盾。最终，欲望还是战胜了理性，就像是一艘一时抵御了风暴的船，最终还是被巨浪击垮，锚和缆索都不复存在，舵和指南针也失去了作用，任由自己在暴风雨中颠簸。所以那些情绪失控的人在犯下愚蠢的错误时也是带着一丝懊悔，几分自责的。因为如果他们不知道自己所做的事情是罪恶的，他们就不会自责了。相反，如果理性未作任何抗争，他们就将完全受欲望摆布，这样一来就不是无节制，而是纯粹的放纵了。当然，这样更糟糕。因为在无法自控的情况下，至少理性也起了一点作用，从而使得他们没有犯下更为可怕的罪恶；就像自制也只是一个不尽完美的美德，因为你毕竟还是受到了情绪的影响。因此，我认为，不能把人们无法自控而犯下的愚蠢错误与无知混为一谈，或把明知故犯叫作无心之过。”

“是啊”，奥塔维亚诺先生回答道，“你的辩论很精彩。但是我并不认为完全正确。虽然在难以自控的罪行面前，他们曾经犹豫，也确实经历过理性与欲望的斗争，知道了什么是邪恶，但是由于缺乏完备的知识，他们并没有完全理解邪恶。他们对邪恶的理解只是一个模糊的、并非确定的概念，所以他们放任了情绪而忽视了理智。如果他们拥有了真正的知识，毫无疑问他们就不会犯错误。因为无知，所以理性总是无法战胜欲望，而真正的知识永远不会输给情绪，因为情绪起源于身体而不是心灵。如果情绪受理性的合理支配和控制，它们就会成为美德，相反，就会变成邪念。然而，如果理性的本质属性没有受到无知的影响，它就会非常具有影响力，总是使人的感觉服从于它，从而通过非凡的方式和手段来达到目的。如此，虽然一个人的器官、神经和骨骼都没有理性，但是当大脑开动起来的时候，就好像思想舞动着缰绳，刺激我们的器官，使我们身体的其他部位作好了准备：作出双脚跑、双手握拳或者大脑提示的其他动作。这种事很常见，比如有人在不知情的情况下吃了味道很好，但实际上非常恶心又令人作呕的东西；当他发现了真实的情况，便会心生厌恶、不安，继而整个身体对他的判断迅速作出反应，然后他就开始呕吐。”

奥塔维亚诺先生还想继续说下去，但尊贵的朱利亚诺打断了他，插嘴说道：“如果我没有听错，你是说自制并非完美的美德，因为它受情绪的影响。然而，在我看来，当理性和欲望在思想中发生冲突的时候，那种经过与理性的斗争而最终服从于理性的美德，与那种没有跟欲望或情绪较量就胜出的美德相比，前者是更加完美的。而后者克制邪念并非是出于自身的美德，而是因为他没有这样的意愿。”

于是奥塔维亚诺说道：“你认为谁更让人敬佩：一个冒着危险和敌人正面交战，得胜而归的指挥官，还是一个运用技能和知识将敌人拖垮，不用冒险和流血的代价就取得胜利的那个？”

尊贵的朱利亚诺回答道：“如果不是因为敌人的愚蠢而导致他的必然胜利的话，当然是那个懂得避险又能取胜的指挥官更值得尊敬。”

“你说得很对，”奥塔维亚诺先生说道，“所以我想对你说，如果将自我控制能力比作是一个作战勇猛，克服了巨大的困难和危险，面对强敌仍可取胜的指挥官的话，那种节制的心态就可比作是那个没有遭遇抵抗就获胜的指挥官；因为后者就像内战时期的优秀统帅那样，他们征服而且完全扑灭了心灵的欲火，打败了内心所有蠢蠢欲动的敌人，使之彻底地回归理性。这样，这种美德在没有对心灵使用任何暴力的情况下，以巨大的说服力引导心灵走上正途，使之变得平静而安详，进而使一切都趋于和谐，得到宁静和稳定；于是，人们在一切事物中都会完全服从理性，顺从地追随理性，就像一只羊羔总是跟随在母亲的身边：母亲停下脚步，它也跟着停下脚步，母亲前进，它也跟着前进。因此，这种节制的美德才是完美的，对于统治者来说尤其重要，因为它还可以引发更多的美德。”

然后塞萨尔·贡萨加说道：“嗯，我不知道节制能为一位君王带来什么其他的美德，如果真如你所说，节制能带走人的所有情绪，我倒认为它适合一个隐士或者修道士；我想不出它适合一个君王的理由，让一个有宏图大志、不拘一格、骁勇无比等军事才能的君王，在无论什么情况下，都不能表现出愤怒、憎恨，或是仁慈、藐视、渴望等情绪。如果这样，他如何在他的人民或军队中树立权威呢？”

奥塔维亚诺先生回答道：“我并没有说节制必然完全带走或根除一个人心灵中的各种情绪，也没有说这样做会带来什么好处，因为即使在那些情绪中，还是会有一些好的方面。它所起的作用是帮助情绪中的那些不正当行为或者与正当行为背道而驰的行为和理性相呼应。所以为了避免矛盾就根除那些情绪是不正确的；这就好比通过立法禁酒的方式来控制醉酒，或者因为人们在跑步的时候偶尔会摔跤就禁止人们跑步一样。人在训练马的时候，他不会让马停止奔跑、跳跃，但在骑手的控制下，马会在合适的时间停下来。有些情绪在受到节制时会有助于美德的发展，例如愤怒会促成坚毅，对邪恶之人的憎恨会促成正义，其他情绪也会促成别的美德。假如它们一起消亡，就会使理性变得虚弱无力而失去任何效力，就好像是一个在大风过后平静下来的船长。所以，塞萨尔，如果我说平静能促成很多其他的美德，请不要那么惊讶；因为当一个人的心灵和这种和谐相一致的时候，理性就使之欣然接受真正的坚毅，而这种坚毅将使之英勇无比、战无不胜，从而远离人类的痛苦。正义也是一样的，因为它是谦逊善良的真正朋友，也是所有美德中的王者，它不仅告诉我们应该做什么，也告诉我们应该远离错误。正义是完美无缺的，其他美德都通过它得以实现，它不仅让正义的人受益，也让其他人受益。就像人们所说的那样，没有正义，朱庇特就不能很好地统治他的王国。此外还要有宽宏大量的美德，它会提升所有的美德，尽管它不能独立存在，因为缺少其他美德的人不可能是宽宏大量的。在这些好品质的指引下，人们的美德又多了一份审慎，从而使人作出正确的判断。在这条让人欣慰的美德链上还有宽容、慷慨、对荣誉的渴望、温顺、魅力、和蔼可亲和其他很多品质，由于时间的关系就不一一列举了。但是，如果我们的侍臣表现得就像我们所说的那样，他就会发现，在他辅佐的君王心中，美德变得越发枝繁叶茂，而且每天都将看到比世上任何花园里的鲜花和果实都更加让人欣喜的硕果。侍臣自己也将体验到极大的满足感，他告诉自己他给予君王的不是那些傻瓜们给予的东西，比如说金银之类的礼品、花瓶、服装（这些东西君王多的是，而送礼的人又没有多少），而是所有人类的美德中最珍贵的美德：治理国家的好方式和好方法。仅此就足以使人们幸福，使世界回到传说中撒敦[1]统治时期曾经有过的黄金时代。”

……

接着，加斯帕雷阁下说道：“我记得各位绅士在讨论一个侍臣应具有的能力的时候，其中一点是他

---

1. 撒敦（Saturn）：罗马神话中的农业之神。——译者注

要招人喜爱。但是，总结一下谈过的话题，我们可以得出这样的结论：一个侍臣必须通过自己的美德和威望来影响他的君王，然而有威望的人一定是位年长者，因为智慧都是随着年龄而增长的，尤其是在经验方面。所以我不明白，一个人如果年事已高是否还谈得上招人喜爱呢？就像今天晚上所说的那样，对一位长者来说，招人喜爱实在是毫无意义，因为女人喜欢的那种属于年轻人的彬彬有礼、幽默感和文雅在一位老者的身上会变得荒唐可笑，对此有些女人会心生厌恶，所有人都会去嘲弄那些沉迷于此的人。因此，如果你们所说的亚里士多德是位老臣，并且打算像年轻的爱侣们一样大谈爱情的话（就像我们亲眼看到过的那些），我恐怕他会忘记对君王的指导，毫无疑问孩子们也会在背后取笑他，而女人们除了嘲笑他之外，对他毫无兴趣。”

奥塔维亚诺回答道：“如果这位老臣身上具有所有的美德，即使他变老，我也认为他不应该被剥夺爱的权利。”

“正相反，”加斯帕雷阁下反驳道，“剥夺他的这种权利，我认为会给他带来另一种完美，使他生活得更快乐，而没有不幸和痛苦。”

于是皮埃特罗·贝博补充说道：“加斯帕雷阁下，

难道你忘了前几天晚上奥塔维亚诺先生提议的那个爱情游戏了，虽然他对爱情谈不上了解，他显然很了解有些人把跟他们的女人生气、吵架和折磨都看作是快乐的这种事，还有人向他请教这种快乐的原因来着。因此，如果我们的侍臣陷入那种愉悦的爱情之中，即使年纪很大，他也不会经历任何的痛苦和烦恼。另外，我们心中的那个聪明人也不会欺骗自己，认为凡是适合年轻人做的事情都同样适合于他。即便他要去爱，也肯定会以不给他带来指责，只为他赢得赞美和幸福的方式来进行，他会远离烦恼的困扰，而这些是年轻人都很难以做到的。所以他不会忽视对君王的指导，更不会让孩子们嘲笑。”

于是公爵夫人说道："皮埃特罗，在今天晚上的讨论中我很高兴听你也说上几句，但是现在我们更加有信心让你说话，给我们阐明这种恰到好处、又不会引发任何指责或不满的爱情；显然这是体现在侍臣身上的最有用、最重要的天赋之一。所以我请求你，告诉我们你对此所知道的一切。”

皮埃特罗笑着回答道："夫人，我不希望我刚才支持老年人也有权利去爱的话让在座的女士们认为我自己很老，所以还是把这个任务交给别人吧。”

伯爵夫人回答道："你还年轻，但是你不能否认你有长者的智慧。所以继续给我们讲解吧，不要制造更多的借口。”

于是皮埃特罗·贝博回答道：“说实话，夫人，如果我确实必须继续谈论这个话题，我就必须向拉维乃罗的朋友，一个隐居的修道士，寻求建议。”

听到这里，伊米莉亚夫人好像有些生气，大声说道：

“皮埃特罗，我们当中没有人像你那样不服从命令。因此，如果伯爵夫人要惩罚你也是对的。”

皮埃特罗仍然面带微笑地说道：

“夫人，行行好，不要生我的气，我说就是了。”

“好吧。”伊米莉亚回答道。

皮埃特罗·贝博沉默了一会儿后，他稍作调整，好像有什么重要的事情宣布似的，开始说了起来：

“先生们，为了说明老年人不仅能毫无顾忌地去爱而且有时还能比年轻人爱得更加幸福，我有必要先说明什么是爱，以及爱侣们经历的幸福的本质。我请求你们认真地听，因为我希望能让你们认识到每个人都有爱的权利，即使他比莫雷罗年长十五岁或二十岁。”

一阵笑声过后，他继续说道：

“古代哲学家们给爱下的定义是一种对美的渴

求；既然这种渴求必须是为人们所熟知的事物，必然是先有这种事物，后有渴求，而渴求的本质就是追求美好的事物，但是由于其本身也是盲目的，所以不能认识到什么是美好的事物。因此自然本身规定每一种渴求的能力，或者说欲望，都应该同时伴有一种认知能力或者说是理解力。在人类心灵深处，有三种能力帮助我们理解和感知事物：它们是感觉、理性思维和智慧。感觉是从感官的欲求开始的，或者说是从人类与动物共通的那种欲求开始的；理智则是通过理性的选择，严格来说是人所特有的；而智慧使得人类变成完美的天使，通过单纯的意愿来表现对事物的渴求。因此，感官的欲求只渴望那些感官可以感知的东西，而人类的意愿则是在思考那些通过智慧可被理解的精神事物时才会得到满足。于是，人类天生就有理性而且被置于兽性和纯美精神这两个极端之间，可以选择追随感觉，也可以追随智慧，人的欲求在这两个方向不断作出选择。人们可以选择其中一种方式来追求美，那就是，所有的自然天成或人工创造出来的充满和谐的事物。

“但是我现在要谈的美是人身上尤其是脸部的那种美，可以激发我们热切的爱的那种美。我们要说的是，这种美是一种神圣的精华的汇集，就像是阳光普照万物，却偏偏极力展示它的美，那张面容看起来是那样的匀称，明暗色彩和谐、轮廓分明。这种美以其令人赞叹的壮丽和优雅装扮着自己，并使之熠熠发光，好像耀眼的阳光折射在镶嵌着宝石的金光闪闪的花瓶上。于是它吸引了人们的目光，一旦进入人们的视线，就会在人的心灵深处留下深刻的印象，并且不时地以其自身的魅力，伴以燃烧的激情和欲望来震撼、愉悦人们的心灵。这样，人们的思想里就有了对美的渴求，因为它认为这种美是美妙的，如果人的思想本身愿意跟随自己的感知，那么人的头脑里就形成了最严重的错误判断，即承载美的身体是美丽的主因。所以，欣赏这种美就必须尽可能地与之亲密接触。但这是错误的，任何想通过拥有身体而欣赏美的人都是在欺骗自己，因为他们不是被理性的选择而获得的真正认知所感动，而是由感官的欲望导致的错觉。因此，接下来的快乐也必定是虚假的、骗人的。所以，那些用所爱的女人来满足其不纯洁欲望的人都将遭遇两个恶果中的一个：要么在他们满足了欲望后，就开始失去兴趣甚至是开始憎恨他们的爱人，就好像是他的欲望开始悔恨自己的错误，认识到它被错误的感知判断所骗，使它相信那种邪恶是美好的；要么他们仍然困扰于相同的贪念与欲望，因为他们实际上并没有达到他们所追求的目的。不可否认，由于目光短浅，他们误以为自己正经历着快乐，就好像一个病人梦见他自己在干净的喷泉边喝水。然而，他们既没有得到片刻的安宁，也没有得到满足，这恰恰是欲望和占有的必然结果。因为他们看到相似的情况，他们不久就再一次经历了毫无羁绊的欲望，和以前一样，在相同的激情过后他们再一次发现自己对希望完全占有的东西有一种无法控制的、狂热的渴望。因此，这类恋人总是最不快乐的；他们或者由于从来没有得到他们渴望得到的东西，从而引起极大的痛苦，或者即便他们确实得到了他们所渴望得到的东西，也会发现自己并不快乐甚至是更糟。在他们的这种爱情的开始和过程中，除了给彼此带来悲伤、痛苦、难过、忧虑和付出之外别无他物；这样的爱侣必然表现出黯然沮丧、叹息不已、哭哭啼啼、哀痛悲伤、少言寡语甚至想一死了之。”

“因此我们看到感知是这种精神颓废的主要原因；这种情况多发生在人们年轻的时候，他们受到肉体欲望的诱惑，不断地削弱人类理性的力量，使灵魂轻易地受制于欲望。既然心灵已经坠落到世俗的地狱，无法进行精神的思考，那么思想本身就不能清楚地发现真相，继而无法履行操控身体的职责。所以为了明白事情的真相，思想必须借助感知来形成自己的第一概念。之后它才会相信通过感知获取的信息，然后考虑并信任这些信息，尤其是当这些信息强迫心灵接受的时候；但是感知具有欺骗性，从而使它们提供给心灵的信息充满了错误和不实。因此，年轻人总是沉迷于这种与理性完全背道而驰的感性之恋，进而导致他们不能享受爱情赐予真正的理性皈依者们的祝福和益处；他们在爱情中得到的快乐和没有理性的动物是一样的，尽管动物遭遇的痛苦比人类大得多。在我坚信如此的前提下，我相信那些年纪大而成熟的恋人的经历会恰恰相反；对他们来说，思想已经不再屈膝于肉体，因为他们天生的激情已经开始冷却。即便他们被美激起了渴望，也会受到理性的指引，那么他们就不会受骗，从而完全拥有他们深爱的美。这种拥有给他们带来的都是好的结果，因为美是善良的，对美的真正热爱也是美好的、神圣的，而且总是给那些用理性的缰绳来控制感官的罪恶的人们带来好处。这就是年长者比年轻人更能轻而易举做到的事。

"所以说老年人比年轻人更能幸福地、无可指责地去恋爱，不无道理，当然，我们所谓的老年人指的不是那些年迈的或者说身体器官已经衰退，思想已经不能通过器官来行使功能的人，而是指那些智力仍然处于盛年的人。另外我还必须加上这一点：也就是在我看来，感性之恋在每一个年龄段都是不可取的，但是对年轻人来说，是可以原谅的，甚至在某种角度上说也是允许的。虽然这种恋情就像上面提到的那样，给人们带来的是苦恼、危险、付出和不幸，但是为了赢得他们心爱的女人的爱，有些行为是高尚的；虽然这些行为带来的并不是一个很好的结果，但是它们本身是好的。他们从苦涩里挤榨出一点点甘甜，从挫折中吸取教训，知道自己爱的方式有误。所以，我认为那些克制欲望和迷恋，以理性的方式去恋爱的年轻人是真正崇高的，但我也理解那些因为人性的弱点而被感性之恋所征服的年轻人，但前提是，他们当时应该表现得有风度、有礼貌、又值得尊敬，表现出了那些绅士们所提到的其他品质，并且在他们不再年轻的时候，完全舍弃这种做法，摒除感性之欲，并视之为通向真爱的第一个台阶。但是对于那些年迈时还任由激情燃烧他们冷酷的心、令强烈的理性屈服于虚弱的感官之欲的人来说，无论怎样责备都不算过分；这些不知廉耻的家伙就像缺乏理性的动物中的一员，一个彻头彻尾的傻瓜，因为感性之恋的观念和方式与成熟的男人是完全不相称的。”

贝博停顿了一下，好像要休息的样子；正当每个人都沉默的时候，来自奥托纳的莫雷罗先生说道：

“如果一个长者比很多年轻人都强壮，精力更旺盛，而且更英俊，那么你为什么不希望他像年轻人那样去恋爱呢？”

听到这个，伯爵夫人笑着说道：

“如果恋爱对年轻人来说是一次如此不幸的经历，那么莫雷罗先生，为什么你还想要老年人也去经历同样的不幸呢？如果你也像这些先生所说的那样老了，你就不会说这么多老人们的坏话了。”

莫雷罗先生回答道：“在我看来，说老人坏话的似乎是皮埃特罗·贝博，因为他希望他们以我不能理解的方式去恋爱。同时我也认为，如此受他褒奖的美竟然不包括躯体的美，简直像是一个神话。”

“莫雷罗先生，”洛多维科伯爵问道，“你相信美像皮埃特罗·贝博说的一样好吗？”

“我当然不相信，”莫雷罗回答道，“相反，我记得我曾经见过很多邪恶、冷酷、恶毒的美女；在我看来，事情往往如此，因为美丽使她们骄傲，傲慢使她们冷酷。”

洛多维科伯爵笑着回答道："无可置疑，你觉得她们对你冷酷是因为她们没有给予你想要的东西。还是让皮埃特罗·贝博教教你，老年人应该怎样去渴求美，他们应该从女人那里得到什么，他们应该怎样得到满足；如果你记得这些，你就会发现她们既不骄傲，也不冷酷，而且她们还会给予你想要的。"

这番话让莫雷罗很恼火，于是他反驳道：

"我不想知道和我无关之事。还是让别人告诉你，身体不如老人强壮、精力没有老人充沛的年轻人应该怎样追求这种美吧。"

于是，为了让莫雷罗先生平静下来，也为了转变一下话题，费德里科在洛多维科伯爵还没回答之前，插嘴说道：

"也许莫雷罗先生所说的'美不总是好的'这句话并不是完全错误的，因为女人的美经常引起很多邪恶、憎恶、战争、死亡和毁灭，例如特洛伊的毁灭就清晰地证明了这一点。大多数美丽的女人不是骄傲冷酷，就是之前所说的不贞洁。但是对此，莫雷罗先生并不认为是什么过错。还有很多邪恶的男人也被赋予了英俊的外表，好像大自然如此安排就是为了让他们能更好地去行骗，或是为了让他们那令人愉悦的外貌成为隐藏鱼钩的饵。"

这时，皮埃特罗·贝博说道："不要相信美不总是好的这种谎言。"

为了回到原来的话题，洛多维科伯爵插嘴说道：

"既然莫雷罗对和自己有很大关系的事情并不感兴趣，那就告诉我吧，向我说一说老年人怎样才可以赢得爱情的幸福；只要我可以从中受益，我并不担心自己被别人看作是个老头。"

皮埃特罗笑着说："首先我想纠正一下这些绅士们所犯的错误，然后再满足你的要求。"

于是他继续说道：

"先生们，美是一种神圣的东西，我不希望我们中的任何人因对此口出恶言亵渎神圣而惹怒神明。作为一个给莫雷罗和费德里科先生的警告，以防他们会像那些藐视美的人们一样受到惩罚，从而像斯泰西科拉斯[1]那样双目失明，我坚持认为美来源于上帝，它就像是一个圆，圆心就是善良。正如没有圆心就没有圆一样，一个人没有善良也就没有美。所以，邪恶的灵魂依附在一个美丽的身体上是非常罕见的，而外表美也正是内心善良的一种真正表现。

1. 斯泰西科拉斯（Stesichorus）：公元前六世纪希腊抒情诗人。传说因为他用情不专，背叛了山林女神娜伊爱斯（Naias），爱上了西西里国王的女儿，眼睛被山林女神弄瞎。——译者注这种美实际上以不同的程度体现在人的身体上，是识别灵魂的一种标志，好比是树木上盛开的鲜花之美将印证收获时的水果之美一样。人类的身体也一样，对此，我们还可以从相学家们根据人的容貌来判断人的性格甚至是他的思想这件事上看得出来。甚至是在动物的身上也可以看到，它们的思想如何影响着身体并且在容貌上有所反映。我们是如何清晰地从一头狮子、一匹马或者一只鹰的面部发现它们愤怒、凶残和傲慢的本性；又如何从绵羊和鸽子那里发现纯洁和单纯，从狐狸和狼那里看到奸邪和狡诈，而且几乎所有的动物也一样，想想这些，我们就不难理解这一点。

“因此大体来说，丑陋的事物是邪恶的，美丽的事物是美好的。可以说，美就是人们渴望的、令人轻松愉快又魅力十足的美好事物的外表，而丑陋就是黑暗的、令人不快又难受的邪恶事物的外表。无论你研究什么事物，你都会发现那些美好而有益的东西总是被赋予了美。想一想万物的神奇的结构吧，它是上帝为了所有生灵的健康和生存而创造的。无尽的苍穹点缀着众多星星：而位于中心的地球被无数天体簇拥在中间；太阳照亮周围的万物，在冬天照到最低刻度后又重新升起；月球的光辉来自于太阳，随着距离太阳的远近不断变化；而其他五大星球在各自的轨道上有规律地运动着。所有这一切都按照大自然的规律和谐存在并互相影响，但是如果稍有偏离，它们就将不复存在，宇宙也因此而崩溃。此外，它们的美和魅力让人们无法想象有什么东西可以与之媲美。再来想想人体的构造，我们可称之为一个小宇宙。我们会发现人类的身体是造物主精心设计而非偶然为之的产物；我们的整体形式非常美妙，使我们很难弄清楚，到底是因为有用还是因为优美才给予了人类外貌和身体的不同部分，包括眼睛、鼻子、嘴巴、耳朵、胳膊和胸部。动物也一样。想一想鸟类的羽毛、树枝上的叶子，它们的存在都是大自然所赋予的，也都是极其精美的。除了自然界，现在我们来谈谈人类的艺术。对于一艘船来说，船头、船体、船板、船帆、船桅、船舵、船桨以及船锚和绳索，哪些是必需的？所有的这些东西都是如此动人，无论谁看见它们，都会觉得它们的存在不仅因为有用还因为好看。再如，支柱和横梁支撑着雄伟的教堂和宫殿，它们不仅赏心悦目，还是建筑不可或缺的部分。当人类最初在造房子或教堂时使用中间的屋脊并非是用来装饰建筑物，而是为了让雨水从两边顺利地流下；但是，我还得说，事物的用途和美观同样重要，所以即使在没有雨水和冰雹的地区建造教堂，屋脊的设计也是必不可少的，否则会使建筑丧失应有的庄严和美感。

“所以，一提到美丽的事物，甚至是世界本身，就意味着最高的赞美。我们提起这些就忍不住要赞美：美丽的天空、美丽的大地、美丽的海洋、美丽的河流、美丽的乡村、美丽的森林、树木、花园；或者美丽的城市、教堂、房子、军队。简而言之，这种优雅而神圣的美是万物最高超的修饰；从某种角度上，好就等同于美，尤其是人的身体。在我看来，身体美的最大成因是心灵美，因为它有一种超自然的美，使它接触到的一切事物都变得华丽而可爱，美丽心灵也一定会找一个适合她栖息的美丽身体。因此，当美以其无上的力量统治物质世界，以其绚丽的光芒驱走身体的黑暗的时候，美才是心灵的最终战利品。因此，我们一定不要说是美让女人们骄傲、冷酷，尽管莫雷罗先生可能是这样认为的；我们也不应该把那些因为男人无节制的欲望而引起的憎恶、死亡和毁灭都强加于美丽的女人。我不否认这个世界上有不贞洁的漂亮女人，但并不是她们的美使她们变成这个样子；相反，正是因为美和善之间的必然联系，她们的美才使她们远离恶行，引领其走上善行之路。但是有时候，由于外界的恶意驱使、爱人的不停挑唆、礼物、贫穷、希望、欺骗、恐惧以及数不清的其他原因，美丽善良的女人没能保持那份坚定，铸成大错；英俊的男人也是一样，因为这样或那样的原因，变得邪恶。”

塞萨尔接着评论说：“如果加斯帕雷阁下昨天的断言不假，那么毫无疑问美丽的女人比丑陋的女人更加贞洁。”

“我断言过什么啊？”加斯帕雷阁下问道。

“如果我没记错的话，”塞萨尔回答道，“你说过被追求的女人总是喜欢拒绝追求者，而没人追求的女人却会主动去追求别人。与丑女相比，美女必然有更多的追求者；这样一来，美女经常拒绝别人，而丑女却因为没有追求者而主动出击，美女就比丑女更显贞洁了。”

贝博微笑着说：“这个争论没有答案。”

然后他又补充说道：“就像其他的感官一样，我们的视觉也有受骗的时候，把一张不美丽的脸看成是美丽的，这是常有的事。比如说，有些女人不时在眼神中和表情里表现出诱惑的、挑逗式的无礼，许多人认为这些特点是令人愉悦的，视其为美，因为这让他们有机会得到他们想要的。但是，事实上这仅仅是俗艳的轻率行为，丝毫配不上如此令人尊重而神圣的称呼。”

皮埃特罗·贝博随后陷入了沉默之中，但是大家要他再多讲讲这样的爱以及欣赏美的正确方式，最终他说道：

“我想我已经说得够清楚了，年长的人比年轻人在爱中更幸福，这是我的假定。所以我不能再补充什么了。”

洛多维科伯爵回应说：“你对年轻人不幸福的论证比对年长者幸福的论证要充分，因为你没有教给年长者在爱中要循着怎样的路前进，你仅仅告诉他们要受理性的指引。许多人认为爱和理性是无法相容的。”

贝博仍然决定不再发言，但是在公爵夫人的请求下，他又接着说了起来：“如果在我们的灵魂中如此热切的渴望能这么容易就被激起，如果我们的灵魂被迫在这种和动物类似的感觉中得到滋养，而不能将这种渴望导向一种更加积极的方面，那着实是人性的悲哀。既然您希望这样，那我不会拒绝讨论这个高贵的话题。我知道我不配讲述关于爱神的神圣秘密。所以我恳求上帝能够启发我的思想和语言，使我能够教给我们优秀的侍臣如何以优于那些粗俗的众人的方式去爱。由于自幼时起我就将自己交给了上帝，希望我的话与我的意志相符，也能够为上帝赢得更多的认可。我认为，既然年轻时人的本性如此依赖于感官，当侍臣年轻时，他可以用感官的方式去爱；但是，当他更成熟时，这种情色的欲望会让他受伤，他必须小心谨慎，不要欺骗自己，不要让自己经历痛苦，那种痛苦对年轻人而言值得同情而非指责，但在年长的人则应受指责而非同情。

“因此，当他看到那些美丽而吸引人的女人时，这时的他优雅又富有魅力，已是情场高手，他可以察觉出他和她灵魂的共鸣，一旦他注意到他的目光被她的外表所吸引并把她记在心里，他的灵魂会因深深地想念她而感到愉悦，情感的洪流渐渐涌动，温暖着他的灵魂，她的眼眸里闪耀的活泼神气不断给他情感的火焰增添新的燃料，那么一开始他就应该设法寻求一种快速的自救方法，让理智提高警惕以帮助他保卫心灵的城堡，关闭通向感官和欲望的道路，使其不能强行通过或蒙混过关。若火焰被熄灭了，危险也就消失了。但是，如果它（这种情感）坚持了下来并且不断生长，那他就该知道自己被俘虏了，这时这个侍臣就应该避开庸俗激情的所有丑陋，接受理智的指引，走上圣洁的爱情之路。他应该想清楚的第一件事就是，身体是美寄居的躯壳而不是美的源泉，与此相反，美是非物质的，是如我们所说的超自然的光芒，当它与最基本和易变质的事物融合在一起时，会失去它大部分的高贵本性：因为越是完美，它所包含的物质内容越少，而当与物质完全脱离时，美才达到最完美的境界。他也必须清楚，正如人不能用味蕾来听，不能用耳朵闻一样，美以及它在我们的灵魂中激发出来的渴望绝对无法通过触觉得到满足，而只能通过真正能够将美视为客体的东西，即视觉器官来满足。因此，他应该忽略这些感官的盲目判断而是用眼睛欣赏他所爱的女人的光辉、优雅、可爱的热情、微笑、言谈举止以及其他令人愉悦的装饰。同样，他应该用听觉来欣赏她甜美的声音，优雅的言谈，如果她是一位音乐家，也要欣赏她的音乐。通过这两种不关乎肉欲却为理性服务的感官渠道，他能够用最令人愉悦的食粮滋养他的灵魂，而不会让对肉体的渴求激起任何不纯洁的欲望。另外，他应带着最高的敬意去尊重、取悦并服从他爱的女人，比珍惜自己更加珍惜他的爱人，把她的舒适和快乐放在首位，爱她躯体的美更爱她灵魂的美。因此，他必须竭尽全力使她免于走上歧途，通过他的睿智和告诫使她变得谦恭、温和，真正地拥有道德；他还必须让她的思想保持纯洁，不受任何恶念的玷污。因此通过在她那可爱灵魂的花园里播种美德，他将收获完美无瑕的举止，品尝果实甘美的味道。这将是真正的在美中创造美，在美中体现美，有人说这就是爱的目的。通过这种方式，我们的侍臣会深得爱人的欢心，她也总是会那么顺从、迷人、温柔、渴望取悦于他并得到他的爱；他们二人的渴望是非常纯洁、和谐的，因此他们也会非常幸福。”

接着莫雷罗阁下说道：“在现实生活中，这种在美中创造美一定是指让那美丽的女人生一个漂亮的孩子；在我看来，以这种方式取悦她所爱的人更能表明她对他的爱，比你提到的温柔好得多。”

贝博笑着回答说：“你不能越界，莫雷罗阁下；一个女人在把她所珍视的美给予她的爱人的时候，不仅仅是一种爱的象征，她也把通向她灵魂的途径给了他，即视觉和听觉，她的眼眸，她的面容，她的声音，她的话语无不深入她的爱人的心底，传达着她爱的证明。”

莫雷罗阁下接着说：“眼神和语言可能并且常常是虚假的证明。我认为任何不能作出更好承诺的爱都是最不确定的爱。说实话，我希望您能让您的女人比贵族阁下的女人对侍臣更加谦恭有礼、慷慨大度。然而，我认为你们双方的做法都像那些法官一样，为了显示自己的英明对自己人宣判。”

“我非常乐意，”贝博继续说道，“我说的这种女人对年长的侍臣比贵族阁下的女人对年轻的侍臣更加谦恭有礼，这是有充分理由的，因为我的侍臣只期望一切都很得体，而这些她可以很轻松地做到。然而贵族的女人，她的行为是否表现得谦恭有礼要视年轻的侍臣是否正派而定。因此，我的侍臣得到了所有他想要得到的东西，他也比另外一个更加快乐，因为另一个只满足了部分要求，其他部分却遭到了拒绝。为了使你们更好地了解理智的爱情比感性之恋更加幸福，我想说，有时候一种东西在感性之恋中应该否定，在理智的爱情中却应该给予支持。因为在前一种爱中这种东西显得不得体，而在后一种中却很合适。因此，为了取悦她那谦恭有礼的爱人，除了向他展露令人愉悦的笑容，亲密地和他说说悄悄话，自在地说说俏皮话，牵牵手，这位女士可能合情合理而又心地纯洁地吻吻她的爱人。而根据贵族阁下的规则，感性之恋是不允许这样的。原因在于，吻是身体与灵魂的结合，这里存在一种风险，即感性的爱人可能对身体的依恋大于灵魂；但是，理性的爱人却认为尽管嘴是身体的一部分，但是它也提供一种语言的渠道，而语言是对灵魂的解读，它同时也是人类呼吸和表达自己的精神的渠道。因此，理性的人吻他所爱的女人时非常愉悦，不是因为会激发任何不得体的欲望，而是因为他感觉到这种结合打开了彼此灵魂的大门，它们为共同的渴望所吸引，彼此注入对方的体内，彼此融合，每个人都拥有了两个灵魂，就仿佛由两部分组成的一个灵魂统辖着两个躯体。因此，这种吻可以被称为精神的结合而非肉体的结合，因为它对灵魂产生影响，使灵魂为它所吸引而与身体相分离。正因为如此，所有贞洁的爱人都渴望一吻，因为它代表灵魂的结合；所以在谈到爱情时，柏拉图曾经说过，接吻时，灵魂来到唇边，为的是离开身体。由于灵魂和感官所感知的事物是相互分离的，它与精神层面的完全结合可以用一个吻来表示。在他那借助灵感而创作的《雅歌》中，所罗门说：'愿他用他的吻来吻我，'表达的愿望就是，让这种圣洁之爱把他的灵魂带向对圣洁之美的关注，通过与这种圣洁之美的亲密融合使自己的灵魂可以远离躯体。"

所有人都凝神倾听贝博的话，他停了一会儿接着说：

“既然你们让我告诉已经不再年轻的侍臣什么是真正幸福的爱情，我想引导他更进一步。因为停留在这一点是很危险的。原因在于，就像我们已经说过很多次的那样，灵魂强烈地倾向于感觉；尽管理智在选择的过程中很正确，并且意识到美并非源于肉体，还会制约不纯洁的欲望，但是，一直关注躯体的美会妨碍真正的判断。这样尽管不会导致什么罪恶，却会使分离的爱人十分痛苦。这是因为，如果躯体之美是存在的，它会给爱人的精神带来强烈的愉悦感，通过温暖他的内心，激起并且融化一些隐藏着的凝结的力量，这些力量被爱的温暖所滋养，因爱的温暖而流淌，充溢着他的内心，通过他的眼睛传达出那些精神，或那种最为微妙的气息（包含着血液中最为纯洁、最为明亮的部分），一起来迎接她的美，并且为她的美装点上各式各样的装饰。结果，灵魂中充满了想象与愉悦；它既害怕又高兴；在体验快乐的同时也体验着神圣的事物所激发的那种敬畏和崇敬，灵魂似乎有些迷乱，它相信自己来到了天堂。

“因此，只关注躯体之美的人，一旦他所爱的女人离开，他的眼前一旦没有了那美的光辉，就会失去所有的美好和幸福，结果，他的灵魂也枯萎了。因为她的美的远离，往日她在时的那种柔情不再涌来温暖他的心。而他身体的各个感觉器官开始变得干涸；然而对于她美的记忆仍然能在他的灵魂中激起一点力量，使它们能够试图将这些精神发泄出来。尽管它们的路途被阻塞，没有任何出口，但还是努力着去挣脱，它们被痛苦包围着，于是就开始戳刺灵魂使它痛苦万分，这就像孩子们的牙齿开始从柔软的牙龈中生长出来的感觉一样。它会让爱人们流泪、叹息、痛苦、烦忧，因为他们的灵魂一直处于痛苦和混乱中，它愤怒、生气直到它所珍视的美再一次出现在眼前，才突然冷静下来，又开始呼吸，它深深沉醉，从眼前的美食中汲取力量，并希望永远不要再离开这个令人着迷的景象。因此，为摆脱由于分离而造成的痛苦，享受美而不受苦，侍臣应该借助理智将他的欲望完全从躯体转向美本身。他应该在能力所及的范围内尽力思考美本身的简单与纯洁，在自己的想象中创造出一种有别于任何物质形态的抽象美，使它为自己的灵魂所喜爱和珍视，永远在灵魂中享受着它，日日夜夜，不论何时何地，不需害怕失去它；而他也会记得，躯体与美是完全不同的，而且躯体只会削减而非提升美。通过这种方式，我们那年长的侍臣将会使自己远离痛苦和忧伤，不会再经历年轻的侍臣们经历过的嫉妒、怀疑、不屑、生气、绝望和暴怒，最后一种情绪有时会把他们引上歧途，有些人不仅伤害了他们爱的女人，甚至还赔上了自己的性命。而年长的侍臣则不会伤害自己所爱的女人的丈夫、父亲、兄弟或她的家庭，他不会令她蒙羞，也不会时常被迫转移目光，谨言慎行，害怕暴露自己的渴望，或者在离开她时遭受痛苦。因为他会永远把这种珍贵的情感藏在心中，而且通过想象的力量，使她的美比在现实中的更加可爱。

“然而，如果他决定把这份爱当作阶梯，借此走向一个更伟大的境界，那么在众多的益处中他将会发现一个更加美妙的益处；这是完全有可能的，因为如果他不断地反思自己，就会发现把自己的思想局限在一个躯体上是多么狭隘。为了脱离这种思想的局限，他会逐渐地为头脑中的美增加很多装饰，通过把他头脑中想到的所有美的形式都连接在一起，并将各种形式统一起来，简化成一种单一的美，这种统一笼罩着人类本性的整体。因此，他不会再考虑某一个女人的美，而是会考虑那种装点了所有人的共同之美。这种美的光辉更加耀眼，让他惊叹不已，因此，他不再重视某个女人的美；在这种更纯净的火焰中，往日他视若珍宝的东西，变得毫无价值。现在，处于这种境界的爱，尽管高尚，很少有人能达到，但仍然不能称为完美的爱。因为人类的想象力来自于身体的感官，只能通过感官输送的数据来获取信息，所以它也不能完全清除物质中有害的一面。所以，尽管它对人类共同之美能通过抽象和简化的方法进行加工，但其结果却很模糊，不确定，因为它的形成与身体还是有着密切的关系；因此，达到这种爱的境界的人就仿佛刚刚长出羽毛的雏鸟，用柔弱的翅膀可以支撑着飞行一段路，但不敢远离鸟巢，也不敢勇敢地迎着风，飞向广阔的天空。

“因此，当我们的侍臣达到了这种爱的境界时，尽管可以说与那些仍然沉浸在感性之恋的痛苦中的人相比，他大多时候是幸福的，但我希望他不要满足，而要在爱的宏伟道路上继续勇往直前，朝着真正的幸福迈进。因此，与其将他的思想集中于外部世界，就像那些关注躯体之美的人，不如让他关注自己的内心，思索他心灵看到的一切，从而看透因注重躯体美而被忽略的内在美。因此去除所有的邪恶，通过学习真正的哲学，朝着高尚的精神世界，在智慧的不断磨砺下，灵魂开始转向对自身的思考，仿佛从沉睡中醒来，张开了眼睛，这样的眼睛原本是人人都有的，但很少有人通过它看到向它传递的那束光——天使之美的真正面目，而反过来它又将一个模糊的印象反映在躯体上。因此，当心灵对世俗的一切视而不见的时候，就对来自天堂的一切张开了眼睛；有时当身体的感官完全陷入这种冥思苦想，或进入梦乡的时候，在没有任何干扰的情况下，心灵才真正品味到天使之美的味道，心灵因那束美妙的光线而欣喜若狂，开始燃烧，开始追逐，它如此地热切、迷醉、忘我，时刻想要与那种美融为一体。因为那时心灵相信它发现了上帝的踪迹，思考它的过程就是对终极的宁静和快乐追寻的过程。因此，在这种最令人愉悦的火焰中，它升华到了最高贵的部分，即智慧层面；在那里，它不再被俗世的黑夜所笼罩，它领悟到了圣洁之美。尽管这样，它也并非完美无瑕地享受着这种境界，因为它仅仅以自己的智慧在思考，而它的智慧还不足以完全领悟那无限的济世之美。因此，爱不仅仅给人带来很多益处，它还会给心灵带来更大的幸福。因为正如它引导心灵从个体的躯体之美转向济世之美，它还将指导心灵从个体的智慧走向普世的智慧，从而到达完美的最高境界。从那里，心灵燃烧着真爱的圣火，飞翔起来与天使的本性融合在一起，它不仅抛弃了感官，甚至连理智本身也不需要了。因为，已经化身为天使的它，了解所有智慧层面的东西，眼前不再有迷雾，不再有乌云，可以凝视广阔的圣洁之美的海洋，享受着感官无法体会的至高的幸福。

“我们每天都用那被乌云遮蔽的眼睛看到存在于堕落躯壳中的美（即使是这样也仅仅是梦幻和模糊的影子），觉得它们是那么可爱，那么优雅，它们常常在我们的内心深处燃起最为热烈的火焰，带来如此的愉悦，从而觉得没有什么能与被自己深爱的女人看上一眼带来的幸福相提并论。所以可想而知，当我们看到那种圣洁之美时会怎样的快乐无比，心中一定会充满了神圣的敬仰！多么可爱的火焰，多么令人沉醉的火焰，我们相信它必然是源自于最崇高、最真实的美，这种美是其他所有美的源泉，恒久不变，永远美丽，最为质朴，毫无瑕疵；仿佛仅仅展现自我，仅仅奉献自我；然而，它是如此美丽，以至于所有其他的美好事物都从它那里汲取美丽。这就是与至善密不可分的美，它的光辉呼唤着、吸引着周围的一切，它不仅把智慧、理智、感觉和对生命的渴望赐予配得上这些能力的人，还将坚定和其他特有的品质赐予岩石和植物，给它们也打上美的印记。因此，这种爱，与其他的相比更伟大、更幸福，因为产生它的源泉更伟大。所以，正如物质的火焰能够炼出金子，这最圣洁的火焰毁掉我们灵魂中一切世俗的东西，而滋养和美化原来被感官埋没的超凡脱俗的部分。这就是诗人笔下俄塔山顶上烧死大力神赫拉克勒斯[1]的火焰，经过火的洗礼，重生的他成为永生的神灵；这就是摩西[2]手中那燃烧的荆棘，是分开的火舌，是以利亚[3]那燃烧的战车，当它离开大地飞向天空之际，那些有幸看到它高贵灵魂的人感到无比的荣耀和幸福。让我们把灵魂中所有的思想，所有的力量都引向这最为圣洁的光芒，指引我们通向天堂的路途。跟随着它，抛弃那些虚假的激情，让我们顺着阶梯攀爬，那最低的一级承载的是感官之美，最终通向那容纳着超凡脱俗，令人钦羡的真正的美的宫殿，它藏身在万能的上帝的幽居之地，凡夫俗子的眼睛是看不到的。在这里，我们能为欲望找到一个真正幸福的结局，能真正结束

---

1. 赫拉克勒斯（Hercules）：罗马神话中的大力神。——译者注
2. 摩西（Moses）：犹太教、基督教故事中古以色列人首领，曾率领古以色列人出埃及。——译者注
3. 以利亚(Elias)：公元前九世纪以色列的先知，见《圣经·列王记》。——译者注

劳累得到安歇，为悲伤找到慰藉，为疾病找到灵药，为这动荡的一生找到躲避暴风雨的港湾。

“噢，最圣洁的爱，什么样的言语才能把你赞美？您充满了美、善良和智慧，你的源泉在于美、善良和神圣智慧的结合，你居于斯，又永久地回归它的怀抱。你优雅地把整个宇宙连接起来，就在圣洁和凡尘之间，你善意地安排上天，让它给凡尘以指引，让人们的思想回归本源，从而将他们连接在一起。你把这些因素和谐地融为一体，激发大自然去孕育生命并把所有的生命推向永恒。你把分离的东西合并在一起，把不完美变得完美，把不同变成相似，把对手化为朋友，给大地带来果实，给大海带来平和，给天空带来赐予生命的光芒。你是真正的快乐、福祉、和平、温柔和善良之父；你是粗野和卑劣的仇敌；你是所有美好的起点和终结；由于你喜欢栖息在美丽的躯体和灵魂的深处，而且有时候愿意向那些你喜爱的人展示自己，我相信，此时此刻你就居于我们之中。噢，上帝啊，请倾听我们的祈祷，把您的光辉注入我们的内心，用您那最圣洁的火焰的光芒为我们驱散黑暗，就像一位可信的向导，为我们指明走出迷宫的路。更正我们的感官错误，在我们长时间的妄想迷乱后，让我们知道什么才是真正的美。给我们的智慧增添灵性的香气，让我们与圣洁协调一致，再没有空间容纳激情的纷争。使我们的灵魂沉醉于永不干涸的满足之泉，让它永远愉悦，永远满足，谁喝了它那清澈的活水谁就能品尝到真正祝福的味道。您的光辉驱散了蒙住我们双眼的无知的迷瘴，因此它们不再赞誉世俗的美，它们也认识到第一眼看到的不是真实，相反，没有看到的才是真实。请接受我们灵魂的奉献，让它们在烧毁一切尘世渣滓的火焰中燃烧，浴火重生并与超凡脱俗之美永久地结合，而我们，从自我奴役中解放出来的我们，就像真正的爱侣能被转变成为我们爱的客体，飞向天空，参加天使的盛宴，那里有仙肴和琼浆玉液，这样，我们就可以幸福终老，就像先祖一样，通过思想的伟大力量，他们的灵魂与肉体分开，最终与上帝融为一体。”

贝博以这种激动的语气谈了这么多，仿佛出离了自己本身，而后他变得沉静缄默，仰望着天空，仿佛有些茫然了。艾米莉亚夫人和其他人全神贯注地倾听了他所有的谈话，然后，她拉了拉他长袍的褶边，说道：

“小心啊，皮埃特罗，虽然你有这种想法，但可别让你的灵魂出了窍啊。”

“夫人，”皮埃特罗回答说，“这可不是爱在我身上发生的第一个奇迹。”

随后伯爵夫人和其他所有人都再一次坚持让贝博继续说下去；几乎每一个人都感觉到了激发贝博思想的那个神圣之爱的火花。他们都急切地想听到更多，但他说道：

“先生们，我已经把有关圣洁之爱这个话题所激发出来的想法都说完了。现在这种灵感好像消逝了，我不知道该说什么；我想关于爱这个话题我不能再深入下去了，侍臣们听我说了这么多，也许他们有补充；因此，可能我的话就到此为止吧。”

“确实是，”伯爵夫人说道，“年长的侍臣如若能够遵循你刚才向他展示的光明大道，他确实会为自己莫大的幸福感到满足而不会嫉妒年轻人。”

然后塞萨尔·贡萨加评论说：“在我看来，通向幸福的路途太过陡峭，我认为没什么人能够通过。”

其后，加斯帕雷阁下评论道：“我认为这条道路对男人来说很难，对女人来说是不可能的。”

艾米莉亚夫人笑了，她说道：

“加斯帕雷阁下，如果你再这样冒犯我们，我保证不再原谅你。”

加斯帕雷阁下回答说：“说女人的灵魂不像男人

那样被激情所涤荡，或不像男人那样善于思考，就像皮埃特罗所说的，如果要品味圣洁之爱就必须这样，这可不是对女人的冒犯。因此，我们从没在哪本书上读到女人获得过这种恩赐，但我们却听说许多男人有，比如，柏拉图、苏格拉底、柏罗丁[1]以及其他许多人；同样的，我们的先祖中也有许多这样的人，比如说圣弗朗西斯，他身上有爱的信使为他印上的五个最神圣的印记。还有，爱的力量让圣徒保罗说出无人敢讲的秘密，并为圣徒史蒂芬指明天路的出口。”

随后，尊贵的朱利亚诺回答说：

“在这一点上，女人丝毫不比男人逊色：因为苏格拉底自己承认他所知道的爱的所有秘密都是一个女人向他揭示的，那就是著名的狄奥提玛[2]，用爱的火焰戳刺圣弗朗西斯的天使也让我们这个时代的几个女人拥有同样的印记。你们也应该记得，由

1. 柏罗丁（Plotinus）：古罗马哲学家，新柏拉图学派主要代表，亚历山大里亚－罗马新柏拉图学派创始人，提出“流溢说”，著有《九章集》。——译者注

2. 狄奥提玛(Diotima)：女祭司，她教导了苏格拉底有关爱的知识。——译者注

于爱，抹大拉的马利亚[1]的许多罪孽都得到了原谅，与圣保罗相比可能她的优雅并不逊色，由于天使之爱，她多次被带到耶和华的居所。你们也应该记得其他许多人，比如我昨天谈了很久的那些人，为了上帝的爱的名义，不顾自己的生命，他们不惧怕酷刑，或任何形式的死亡，不管那有多么可怕，多么残酷。她们不像皮埃特罗期望的侍臣那么年迈，只是娇弱的女子，并且正处在容易让男人想入非非的芳龄。”

加斯帕雷阁下正准备回答，但是伯爵夫人说道：

“让皮埃特罗·贝博来做裁判，让我们都遵照他的意见来判断女人是否和男人一样能够拥有圣洁之爱。但是，你们的辩论可能会持续很长时间，我们还是推迟到明天再谈吧。”

“应该说是今天晚上吧。”塞萨尔·贡萨加说道。

“为什么是今天晚上呢？”伯爵夫人问道。

塞萨尔回答说：“因为天已经亮了。”他向她指了指从窗缝里漏进来的阳光。随后他们都站起身，十分吃惊，因为没有感觉到讨论的时间比平时更

1. 抹大拉的马利亚（Mary Magdalene）：耶稣最著名的门徒之一，耶稣曾从其身上逐出七个恶鬼，一直以被耶稣拯救的妓女形象出现在基督教的传说中。——译者注

长，但是由于他们开始的比平时晚了很多，而且谈得更有兴致，这些先生们是如此全神贯注，谁也没注意到时间的流逝，也没有人感觉到疲倦：在平时该睡觉的时间还醒着通常会有这种感觉。所以当宫殿里正对着卡瑞亚山那高耸山巅的一侧的窗子被打开时，他们看到，黎明已经降临东方，天空晕染得像一朵娇艳的玫瑰，所有的星星都隐遁了，只剩下那天空的女主人，金星维纳斯，守卫着日和夜的边界。从那里，好像吹起一阵微风，空气随之充满了刺骨严寒，四周的小山上，树林婆娑低语，鸟儿从睡梦中被唤醒，开始愉快地歌唱。随后，所有的人都恭敬地向伯爵夫人告别，准备回自己的房间去了，谁也没用火把，因为天光已经足够明亮；而在他们就要走出房门时，行政官转过身对伯爵夫人说道：

“夫人，为了解决加斯帕雷阁下和贵族先生之间的争论，今晚我们和裁判来得会比昨天早啊。”

艾米莉亚夫人回答说：“如果加斯帕雷阁下想批评女性，或像往常一样诋毁她们，他就该遭到审判，因为我要控告他是有失公正的人。”